Uma virgem tola

IDA SIMONS

Uma virgem tola

TRADUÇÃO DO HOLANDÊS
Cristiano Zwiesele do Amaral

Copyright © 2014 by herdeiros de Ida Simons e Uitgeverij Cossee BV, Amsterdam

Este livro foi publicado com apoio da Fundação Holandesa de Letras.

Nederlands letterenfonds
dutch foundation
for literature

Grafia atualizada segundo o Acordo Ortográfico da Língua Portuguesa de 1990, que entrou em vigor no Brasil em 2009.

Título original
Een dwaze maagd

Capa
Violaine Cadinot

Imagem de capa
Red Stripes, Gideon Rubin, 2014, óleo sobre tela, 51 x 56 cm, coleção Galerie Karsten Greve.
Reprodução fotográfica: Richard Ivey

Preparação
Fernanda Villa Nova

Revisão
Valquíria Della Pozza
Márcia Moura

Dados Internacionais de Catalogação na Publicação (CIP)
(Câmara Brasileira do Livro, SP, Brasil)

> Simons, Ida, 1911-1960.
> Uma virgem tola / Ida Simons ; tradução do holandês Cristiano Zwiesele do Amaral. – 1ª ed. – Rio de Janeiro : Alfaguara, 2018.
>
> Título original: Een dwaze maagd
> ISBN: 978-85-5652-071-5
>
> 1. Ficção holandesa I. Título.

18-18035	CDD-839.313

Índice para catálogo sistemático:
1. Ficção : Literatura holandesa   839.313

Iolanda Rodrigues Biode – Bibliotecária – CRB-8/10014

[2018]
Todos os direitos desta edição reservados à
EDITORA SCHWARCZ S.A.
Praça Floriano, 19, sala 3001 – Cinelândia
20031-050 – Rio de Janeiro – RJ
Telefone: (21) 3993-7510
www.companhiadasletras.com.br
www.blogdacompanhia.com.br
facebook.com/alfaguara.br
instagram.com/editora_alfaguara
twitter.com/alfaguara_br

Para Corry Le Poole-Bauer

Qualquer um é capaz de deter uma pessoa desesperada no último instante. Basta lhe dar no momento oportuno uma xícara de café ou uma bebida, ou lhe dizer que seu cadáver terá uma aparência ridícula ou desagradável. O essencial é que não se exima daquela pequena obrigação: ter o café ou a bebida preparados no próprio coração.

Marnix Gijsen, *De man van overmorgen*
[O homem de depois de amanhã]

1

Desde pequena me acostumei a ouvir papai dizer, quase todos os dias, que tinha prejudicado seriamente seus semelhantes por não ter se tornado agente funerário. Tinha a firme convicção de que a população do nosso planeta logo passaria a ser exclusivamente de meros imortais.

Ele era um *shlemiel*, e sabia: conhecia várias piadinhas sarcásticas sobre isso. Nos dias úteis não surtiam muito efeito, mas nas folgas uma simples observação como a do agente funerário era suficiente para irromper uma inflamada revolta.

Nos domingos e feriados meus pais brigavam como cão e gato.

Ainda que no restante do tempo não se dessem mal, os ânimos se exaltavam quando vinha à tona a questão de os judeus terem feriados duplos. Por esse motivo era de suma importância para mim saber quanto antes as datas em que nossos feriados cairiam no ano seguinte. Assim que aprendi a ler, já os procurava no novo calendário quando este saía, antes mesmo que dezembro terminasse.

Para minha tristeza, nossas festas caíam pouco antes ou pouco depois das do resto da humanidade, e pesavam como pedras no meu coração, porque, com papai em casa quatro dias seguidos, era inevitável que o nome do tio Salomão e o do capitão Frans Banning Cocq surgissem.

Não importavam as razões nem o resultado das divergências entre meus pais, sempre chegava um momento em que entravam em acordo e maldiziam, em uníssono e do fundo do coração, o tio Salomão e o famoso capitão.

Se isso acontecesse com uma exaltação maior que a habitual, mamãe ia comigo para a casa dos pais. Antes de conhecer os Mardell em minha cidade natal, aqueles dias não me agradavam muito; depois disso, os desentendimentos semanais dos meus pais adquiriram o caráter excitante dos jogos de azar. Se a briga de fato ocorresse sem perspectiva de reconciliação imediata, meu prêmio era a Antuérpia, embora essa loteria rendesse mais reveses que prêmios. A confusão geralmente acabava ali, sem mais consequências, e só me restava esperar ter mais sorte no próximo feriado.

Antes de o tio Salomão e o capitão se ocuparem de forma trágica de papai, ele viveu alguns anos felizes na Antuérpia. Falava daquela época como se fosse um paraíso perdido, em que não fazia nada além de cavalgar, praticar esgrima e assistir à ópera, ainda que essas boas recordações não refletissem totalmente a realidade. Para começar, era obrigado a trabalhar dez horas por dia em uma atividade para a qual não tinha o mínimo talento ou inclinação. Sempre quis ser violinista, mas os pais não achavam a vida de músico nobre o suficiente para um rebento de sua ilustre família. Não lhe deram opção, forçaram-no a entrar no ramo do comércio. Conseguiram para ele um estágio em um estabelecimento de amigos. A completa inadequação ao mundo dos negócios não apareceu lá, ou foi ocultada em deferência aos seus pais. Ele nunca contou como foi parar na Antuérpia, apenas confessou que foi amor à primeira vista e que decidira na mesma hora morar ali. Explorou tudo o que a cidade oferecia de entretenimento, mas era, infelizmente, um rapaz sério e cuidadoso, que evitava os prazeres levianos, uma falha que lhe custaria muito caro.

Comia todos os dias com um jovem compatriota no único estabelecimento em que se encontravam pratos preparados de acordo com o *kashrut*, as leis judaicas de alimentação. O proprietário tinha conhecimento de seu monopólio *kosher* e, por essa razão, não aceitava qualquer sugestão dos fregueses. Sentados em uma das quatro mesas redondas de um pequeno aposento permanentemente envolto em penumbra, ambos comiam sem reclamar o que lhes serviam.

Nesse ambiente sombrio apareceu, há meio século, em uma tarde primaveril, um grupo bastante colorido: três meninas e três meninos acompanhados dos pais e de uma pequena e discreta mulher loira. Segundo papai, era como se uma revoada de beija-flores acabasse acidentalmente em um ninhal de pardais. Tagarelavam e gritavam todos ao mesmo tempo em inglês, holandês e espanhol, sem se importar nem um pouco com a comoção que causavam.

Aquele fora um dia terrível para o proprietário do restaurante.

Para grande alegria de suas vítimas diárias, o chefe da prodigiosa família lhe perguntou como se atrevia a dar àquela casa de pasto o rebuscado nome de restaurante.

— No entanto — foi logo emendando, condescendente —, não descarto a possibilidade de que a sua comida seja ainda assim muito boa. Não seria a primeira vez que comeria uma comida excelente em um buraco tenebroso.

As meninas vestiam saias brancas e grandes chapéus de palha, ricamente adornados com rosas. Tendo chegado da Argentina no dia anterior, ainda não haviam tido tempo de comprar roupas mais adequadas àquelas frias paragens ocidentais. Tiveram enorme prazer ao perceber que, apesar dos cômicos chapéus, causavam profunda impressão nos comensais sentados nas outras mesas.

Deviam ser muito bonitas, as três irmãs. Mais tarde ouvi outras pessoas falarem, suspirando, sobre sua beleza.

— Tinham cabelos cacheados e escuros, olhos castanhos aveludados e a pele da cor de marfim envelhecido. Os lábios eram pequenos e vermelhos como coral, dispensando qualquer batom...

Esses antigos admiradores terminavam o relato se lastimando por eu ter saído parecida com papai.

Em menos de cinco minutos, meu pai decidiu que se casaria com a mais velha das garotas, ou morreria.

Enquanto os outros fregueses se deliciavam com o estilo lacônico de o pai demonstrar sua insatisfação com o péssimo estado das toalhas de mesa e a qualidade deplorável dos pratos servidos, o bobo apaixonado já sonhava em montar uma casa para ela. No entanto, era tímido demais para dar sequer um passo em sua direção e, quando foi arrastado para fora do estabelecimento pelo amigo para voltar ao trabalho, ainda não sabia como a amada se chamava nem onde estava hospedada, ou mesmo se voltaria a vê-la.

Passava o tempo livre esperando na porta do restaurante, até que o cozinheiro se comoveu e lhe avisou que não perdesse seu tempo, o chefe e o pai daquela família estavam distantes como dois inimigos conjurados. Ao pagar a conta, o homem havia comentado:

— Estive aqui duas vezes: a primeira e a última.

Como resposta, o proprietário proibiu ao homem e a seus familiares a entrada em seu estabelecimento por toda a eternidade.

Uma semana depois, papai esbarrou com os beija-flores na casa do patrão, onde uma vez por mês fazia uma visita de negócios. Se naquela época tivesse conseguido concatenar as ideias, poderia ter previsto essa possibilidade: mas, no estado em que se encontrava, considerava-a um milagre. Um ano de abjeta escravidão despontava no horizonte. Semana após semana pedia a mão da garota em casamento, mas ela o rejeitava sistematicamente. Ele foi impiedosamente atormentado pelos irmãos dela, enquanto a mãe o usava como moleque de recados e o pai o obrigava a jogar damas e xadrez de modo que papai sempre o deixasse ganhar, pois o velho não aceitava derrotas. A única pessoa que se compadecia da sorte do infeliz pretendente era a pequena mulher loira, de quem ele se lembrava vagamente do primeiro e fatídico encontro. Chamava-se Rosalba e era governanta da casa. Tinha sido ela quem, após um ano, lhe aconselhara a não aparecer mais por ali, porque não teria chance. Ele entendeu que ela falava para seu bem e prometeu ir embora o mais rápido possível.

Ele pediu demissão, escreveu à moça uma carta de despedida, enviou lembrancinhas a ela e a todos da família e se preparou para viajar.

Dias antes da data prevista para a viagem de volta ao seu país, recebeu a visita do pai da moça, que o encontrou na cama, pálido e infeliz. Era nítido que mal havia comido ou dormido nas semanas anteriores. O senhor disse que sentiria falta de seu parceiro de xadrez e que não o deixaria ir sem se despedir pessoalmente e lhe desejar boa viagem e boa sorte. Após trocarem protocolares cumprimentos, ficaram em silêncio. Foi quando o visitante reparou num cartão-postal ilustrado com *A ronda noturna* na mesinha de cabeceira...

— Do meu irmão — disse o melancólico pretendente. — Pode ler se quiser.

O tio Salomão era famoso na família por escrever demais, com muita frequência e de forma excessivamente erudita. Na pequena e elegante caligrafia, fazia mais uma vez um relatório abrangente sobre a "descomunal" impressão que tivera em seu primeiro encontro com a "divina" pintura: "Preste especial atenção à beleza da sombra da mão do capitão Frans Banning Cocq projetada sobre a túnica dourada de Willem van Ruytenburch, o senhor de Vlaardingen! Saudações, Salomão".

O pai da jovem, surpreso e abalado pelo fato de haver um jovem tão excêntrico a ponto de escrever ao irmão nesses termos, bateu em retirada para casa, preso a um dos crescentes acessos de fúria que tanto lhe orgulhavam por ser um traço característico de família.

Em casa, mandou chamar a filha. Bateu na mesa com o punho cerrado e ordenou que se casasse, por bem ou por mal, com o rapaz que ela vinha repelindo tão categoricamente. Ao velho déspota não importava que houvesse começado o século da emancipação feminina; aliás, ele negaria sua existência até o último suspiro.

Ameaçou-a com todos os instrumentos de poder de que dispunha um pai amoroso naquela época, extrapolando-os abertamente. A jovem se opôs, mas os esforços foram em vão.

Uma semana depois o noivado foi celebrado e, logo em seguida, o casamento, que não teria sido mais infeliz que os outros.

Alguns anos após o meu nascimento, eclodiu a Primeira Guerra Mundial, e toda a família fugiu para os Países Baixos. Terminada a guerra, todos puderam voltar para casa, exceto nós. Foi só então que descobri que Mili, a minha melhor amiga, e seus pais, o tio Wally e a tia Eva, não pertenciam à nossa família. Sempre tinham vivido em Scheveningen, que passara a ter uma paisagem desolada após o retorno dos refugiados à sua cidade natal. Nós não voltamos porque papai, que era alemão, viveu na Bélgica por mais tempo que o resto da família e, mais apegado ao país, não havia sequer pensado em se naturalizar, o que só vim a entender muito depois. Foi difícil me acostumar ao fato de que Mili não era minha prima, mas foi um alívio saber que o avô dela não era meu avô. Eu tinha medo dele porque se parecia muito com o gato de botas; era baixinho e ostentava um bigode como o do imperador Guilherme II. Ninguém sabia como lhe ocorrera a ideia daquele bigode, porque bastava que se pronunciasse o nome do fracassado césar para que o avô Harry espumasse de raiva.

— É por causa dos marcos — dizia Mili, como se falasse de uma espécie de sarampo.

Os pais de Mili se mudaram para Haia e trataram de convencer os meus a fazer o mesmo. Meu pai não conseguiu encontrar emprego e começou a trabalhar por conta própria. Como não tinha muitas perspectivas, alugou um apartamento barato no último andar de um edifício em uma das ruas mais feias e movimentadas da cidade.

Nosso collie não conseguiu se adaptar à vida urbana. Assim que a porta da rua se abria, por puro desespero, se atirava em meio ao trânsito. Após ter sido atropelado algumas vezes, meus pais decidiram vendê-lo.

— É para o bem dele — diziam. — Você não quer que ele morra atropelado pelo bonde, o que com certeza vai acontecer se ficar aqui, ou quer?

Ele foi vendido e levado por alguém que vivia em Rijswijk, mas, no dia seguinte, estava de volta, com um pedaço de corda roído no pescoço. O novo proprietário foi então buscá-lo, dessa vez com uma resistente corrente de ferro. Depois da segunda despedida, muito mais dolorosa que a anterior, fiquei com ódio da cidade. Na escola, primeiro fui zombada pelos meus colegas de turma e depois ignorada, o que me dava satisfação e tranquilidade.

A situação de Mili, duas turmas antes da minha, era muito diferente. Sempre saía da escola rodeada de um enxame de meninas, cheia de histórias animadas sobre as coisas agradáveis que havia vivenciado. Provavelmente teria aberto mão de nossa amizade se não fôssemos a sra. Antonius e a sra. Nielsen.

A sra. Antonius — Mili — era exuberante. Tinha uma filha ajuizada e um marido impecável, que era ministro. Meu marido, Nils Nielsen, era um pintor sueco. Devia o nome e a nacionalidade à minha profunda admiração pelo livro *A maravilhosa viagem de Nils Holgersson*.

Tínhamos um filhinho, Benjamino, um diabinho em pele de menino. A brincadeira consistia em estar sempre inventando alguma coisa nova a fim de demonstrar quanto os Antonius eram perfeitos e nós, desastrosos. Meu Nils não fazia mais que sujar tudo, inclusive a si mesmo, com manchas de tinta logo antes das visitas do ministro, que então balançava a distinta cabeça em sinal de reprovação. Os maridos antipatizavam um com o outro, e a graciosa Louise tinha pavor de Benjamino, de modo que as duas senhoras passavam todo o tempo apaziguando a situação e se desculpando. Insistimos nessa brincadeira medíocre por muito, muito tempo. De casa para a escola e da escola para casa. De resto, nossa boca era um túmulo no que se referia às nossas famílias. Mili tinha cachos loiros como trigo e grandes olhos azul-claros, assim como Louise, sua filhinha dos sonhos, mas não era graciosa, embora sempre tivesse sido uma menina madura demais para a idade. Os pais de Mili não demoraram a compreender que tinham sob seus cuidados um ser especial. Já em tenra idade a deixavam tomar decisões sobre si mesma, com ótimos resultados. Fisicamente, Mili não se parecia com os pais, que tinham cabelos castanhos e olhos castanho-escuros. A mãe era uma mulher bonita, mas o que mais me impressionava nela era o tom de voz, com inflexões que se pareciam com as águas de um riacho correndo doce e lentamente em seu leito. O único ideal que a tia Eva parecia almejar era o próprio bem-estar e o dos outros. Para atingi-lo, abria mão até de sua inata preguiça. Viam-se por todos os lados arranjos florais feitos por ela com esmero e bom gosto, preparava também doces e quitutes deliciosíssimos, e se encarregava de adornar todas as torneiras da casa com laços. Nas torneiras dos banheiros os laços eram de cetim listrado de branco e rosa. O pai de Mili era um homem magro e ossudo, com olhos pequenos e perspicazes e a boca larga. As sobrancelhas espessas se uniam sobre o grande nariz aquilino. Apesar dessa aparência, tinha a convicção de ser irresistível, com razão, porque, não importava com quem estivesse lidando, sempre dava a impressão de ser alguém importante e amável. Não era ausente ou indiferente, como outras pessoas importantes, e, quando Mili e eu lhe confiávamos nossos pequenos problemas, ou quando jogava conosco partidas de bingo ou de cartas, agia como se a sua vida dependesse daquilo. Se algo lhe agradava ou desagradava demais, enriquecia o nosso vocabulário com uma palavra nova, que devíamos entender e interpretar sem maiores explicações.

 Certa tarde de domingo, depois que tio Salomão e seu cúmplice foram mais uma vez relembrados com amargura, fui com mamãe à casa da tia Eva, com quem ela sempre podia contar se precisasse abrir o coração. Pediram que eu e Mili subíssemos para que elas pudessem conversar e chorar em paz. Quando nos deixaram descer, uma hora depois, lá estavam elas bebendo chá, os olhos ainda rasos d'água, mas satisfeitas. Tio Wally, um ávido pescador, saía todos os domingos assim que o dia amanhecia. Quando ele voltou, nós o ouvimos assobiar e se dirigir ao andar de cima para trocar de roupa. Logo depois, entrava alegremente na sala.

— Então, mocinhas — cumprimentou-nos. — Estou precisando de um chá.

Mili lhe perguntou se tinha passado bem o dia.

— Melhor impossível — disse ele. — Em uma palavra: magnífico. Tudo deu certo.

Mili e eu dissemos que ficávamos contentes. Ele se sentou em sua poltrona e quando ia acender um cigarro se deu conta dos olhos lacrimejantes da esposa e da amiga. Incomodado, perguntou de onde vinha tanta desilusão. A tia Eva lhe disse que minha mãe partiria no dia seguinte comigo para a Antuérpia e que era possível que não voltássemos nunca mais, porque mamãe estava pensando seriamente na possibilidade de um divórcio e, de qualquer modo, estava decidida a ficar lá por uns seis meses.

O tio Wally ficou furioso.

— Que apoteose de lágrimas! — exclamou. — Diante dessa circunstância não me resta alternativa além de formalizar um documento e remetê-lo a mim mesmo.

Mili corou até a raiz do cabelo e tia Eva empalideceu.

— Ah, não, papai, por favor! — exclamou Mili, de modo adulador, com o pedido reiterado por tia Eva, que lhe implorou que se abstivesse.

Mas nem as súplicas daquela doce voz o dissuadiram. Ordenou a Mili, num tom severo que não admitia ser contrariado, que trouxesse do seu quarto papel e selos.

— Você sabe muito bem onde tudo está, e não quero enganos ou buscas intermináveis.

— Está bem, papai — disse Mili, triste e submissa como eu nunca a tinha visto antes. Subi ao lado dela e lhe perguntei o que ia acontecer, mas ela se recusou a responder.

— Você vai ver. É uma coisa horrível — respondeu. — Ele sempre faz isso. Às vezes deixa a mamãe e a mim enlouquecidas, e o pior é que sempre acaba tendo razão.

Suspirando profundamente, pôs o material na mesa à frente do pai, que se sentou, apanhou uma folha de papel e, ditando a si mesmo em voz alta, começou a escrever.

DOCUMENTO
Na presença de Thea, Eva, Gittel e Mili, eu, o sábio Wally, declaro por escrito, oral e solenemente, o que segue: Thea afirma querer estabelecer seu domicílio ao menos por seis meses na casa de sua família.
Eu, acima referido como o sábio Wally, declaro que, antes de passadas seis semanas, ela terá regressado ao próprio domicílio, e mais: feliz e contente! Firmado por
Wally.

Este documento será aberto em seis semanas na presença das mesmas testemunhas e a razão de Wally será completa, pública e humildemente reconhecida.
f. p. Wally

Estupefatas, as quatro testemunhas o observavam e escutavam. Tio Wally dobrou o documento, enfiou-o num envelope, selou-o e escreveu o endereço de seu escritório. Em seguida, mandou que Mili e eu o acompanhássemos até a caixa do correio, a fim de que, no futuro, pudéssemos declarar sob juramento que ele realmente havia postado o documento naquela data, caso naquele meio-tempo novas provas viessem à tona. Quando Mili e eu ficamos novamente a sós em seu quarto, ela me fez jurar, em nome de nossa velha amizade, que não deixaria escapar na escola uma única palavra sobre aquele execrável hábito do pai. Eu lhe disse que podia contar com meu silêncio e que na minha vida também havia coisas que eu jamais queria ver reveladas. Isso pareceu confortá-la, então me perguntou educadamente se me agradava a ideia de voltar à Antuérpia.

— Nem um pouco — respondi.

Não fazia nem um mês que havíamos voltado, e depois de cada ausência eu tinha de me matar na escola para recuperar as matérias perdidas.

2

Ninguém nos esperava na plataforma, e mamãe já havia dito que aquele seria um dia de nãos. Nos dias de nãos, tudo dava errado, e dias de sins eram raríssimos.

Fomos arrastando as malas até a saída, e, ao ritmo de nossos passos, mamãe declamava em um tom sombrio:

Hark! Hark!
The dogs do bark!
The beggars are coming to town...
Some in rags,
and some in tags
and one in a silken gown.*

Ela sabia que eu detestava aqueles versos, mas não teria me incomodado com tanta frequência *se tivesse visto a rua coberta de neve e, de cada lado, as grandes casas amarelas, cujos telhados pontiagudos espetavam o manto de nuvens baixas tingidas de vermelho e violeta pelo sol poente.*

Cada casa tinha um jardim na frente: um quadrado de cascalho com um intocável canteiro de gerânios cor-de-rosa.

Os moradores tinham sido avisados sobre a iminente chegada de mendigos e as persianas foram fechadas em todas as janelas, mas o medo se insinuava pelas fendas até alcançar os jardins, onde os cães montavam guarda: boiadeiros de Flandres, pastores-alemães e grandes cachorros brancos que pareciam ter sido salpicados de tinta por uma furiosa e gigantesca mão. Volta e meia um desses cachorros uivava, parecendo já

---

* "Ouça! Ouça!/ Os cães latem!/ Os mendigos estão chegando à cidade.../ Alguns em trapos,/ e alguns em farrapos,/ e um vestido de seda. (N. E.)"

ouvir de longe a movimentação dos mendigos, muito antes de suas vozes raivosas e o atrito de seus pés gastos sobre o pavimento fazerem toda a rua ecoar. Eram centenas: alguns cambaleando sobre muletas ou arrastando uma perna de pau, outros haviam perdido um olho e traziam sobre a cavidade oca um tapa-olho preto. Gritavam que estavam com fome e brandiam punhos ameaçadores em direção às casas amarelas, mas, cada vez que se aventuravam a subir na calçada, os cachorros grunhiam e latiam, mostrando os dentes e espumando pelas mandíbulas abertas. Impotentes prisioneiros da fome e dos próprios farrapos, os mendigos tinham de seguir em frente, porque, por mais que esbravejassem e se esgoelassem, não podiam competir com os cães.

De repente veio um mendigo com uma túnica de seda cor de damasco, tão rasgada e surrada quanto os farrapos pardacentos dos outros, mas muito menos quente... e tão cintilante sob os raios do sol poente que aqueles que caminhavam perto não conseguiam suportar, pois fazia com que seus próprios trapos parecessem ainda mais sujos e miseráveis.

As patas peludas pioravam os rasgos na seda apodrecida e arranhavam debaixo dela a pele pálida, deixando-a em carne viva. Quando o mendigo na túnica de seda ficou para trás, nu e calado, os outros retomaram o caminho, em paz e quase felizes. Os últimos a desaparecer foram aqueles com mais dificuldade para andar: divertiam-se dando muletadas na figura inerte caída no chão.

Quando a tranquilidade voltou a imperar, os cachorros voltaram para a rua...

Mamãe e eu nos dizíamos que talvez houvesse alguém à nossa espera do lado de fora, mas sabíamos que era ilusão. A maneira de que vovó dispunha para mostrar que a nossa visita não lhe agradava era não mandar ninguém para nos receber, porque não conseguia nos dizer isso pessoalmente.

Com exceção de meus tios Charlie e Fredie, todos os seus filhos eram casados, e teria sido muito mais sensato e econômico se tivessem ido se instalar em uma casa menor, mas ela amava a mansão situada numa das avenidas mais largas da cidade, e se opunha com unhas e dentes à ideia de se mudar.

— Só continuo morando neste desconfortável casarão para que meus filhos e netos possam voltar para cá sempre que tiverem vontade — dizia, fincando os pés no chão.

Quando mamãe anunciou a nossa chegada, vovó teve de nos acolher, mesmo contrariada. O fato de a casa ser incômoda e quase impossível de habitar, com tantas escadas íngremes e a cozinha no subsolo, não lhe importava, pois tinha Rosalba a seu serviço.

No fim tivemos que pegar um táxi, pois tínhamos muito mais bagagem do que o habitual, já que ficaríamos seis meses fora.

Quando o motorista do táxi parou diante da casa, mamãe gemeu.

— Ah, não! Só faltava essa!

Rosalba estava na calçada conversando com a vovó Hofer. O motorista descarregou a bagagem, e, para nosso alívio, Rosalba tirou um dinheiro no bolso do avental e lhe pagou a corrida. Parecia menor e mais frágil que o normal ao lado da vovó Hofer, uma mulher imponente, com o porte e o traje semelhantes aos de um cocheiro de carruagem fúnebre. Dizia-se na família que ela tinha a língua ferina.

Rosalba nos beijou e vovó Hofer nos saudou:

— Mas vejam só. E eu que achava que tinham acabado de voltar para casa! — Então mamãe perguntou cordialmente como estavam as duas irmãs, ambas noras da vovó Hofer, e seus cunhados e sobrinhos.

— Uma bagunça só — respondeu vovó Hofer, o que significava que estavam todos bem.

Ela segurou meu queixo e o voltou para a luz, em seguida declarou que eu tinha a cara de papai. Segundo Rosalba, queria dizer que eu me parecia com um bom homem.

— Aham, excelente — disse vovó Hofer, com desdém. — Não fede nem cheira. A pobreza não é vergonha, mas também não é honra.

Depois deu um tapa tão firme nas costas de Rosalba que ela quase caiu, e foi embora marchando pela rua como um granadeiro, sem nem se despedir.

Não sabíamos como Rosalba havia entrado na família tresloucada de mamãe. Enquanto viveu, todos nós aceitamos sua modesta presença e seus bons cuidados. Fazia parte do mobiliário, e pronto. Era inglesa e protestante. Não falava outro idioma além do nativo, e ninguém sabia dizer como se fez entender em tantos países mundo afora, onde acompanhara a minha avó para cuidar da casa. Era apenas um dos muitos mistérios que cercavam sua mirrada figura. Jamais falava sobre sua religião nem frequentava a igreja. No entanto, zelava pela salvação da nossa alma. Em nenhuma cozinha coordenada por uma judia as leis da dieta *kosher* eram seguidas com mais rigor que naquela em que Rosalba cozinhava com tanta mestria.

Todos os dias se fazia uma encenação para que Rosalba acreditasse que ignorávamos o fato de ela ser analfabeta. Com um piscar de olhos pouco discreto aos presentes, vovó sempre inventava uma desculpa para poder ler o jornal em voz alta para ela e, quando chegava a época do Natal, a carta que recebia do único irmão na Inglaterra era respondida por um de nós, porque Rosalba sempre havia acabado de quebrar os óculos.

Ela estava longe de ser burra, mas nenhum de nós jamais lhe tentou ensinar a arte da leitura, achando que vovó não a encorajaria.

Quando entramos em casa, Rosalba nos disse que a minha avó e a vovó Hofer estavam de novo em pé de guerra. As duas lutavam ferozmente para ocupar o primeiro lugar no coração da meia dúzia de netos que compartilhavam. Minha avó estava sentada na poltrona à janela com um trabalho com agulhas: era pequena e robusta e sempre usava vestidos pesados de seda preta, guarnecidos de babados de uma renda branca, como os da falecida rainha Vitória. Ela acreditava que a sua vida coincidia em muitos pontos com a da rainha. Adorava falar de si mesma como se fosse a sogra da Europa, e, como ela, ficara viúva muito cedo. Ostentava a viuvez de forma corajosa, para não dizer alegre. Tinha olhos escuros brilhantes e a pele do rosto redondo lisa e macia, um fato de que se orgulhava e para o qual gostava de chamar a atenção.

Enquanto Rosalba servia café com biscoitos, mamãe lançava críticas arrasadoras à vovó Hofer com tanta mestria que nossa anfitriã-a-contragosto se esqueceu da aversão que nossa visita lhe provocara.

A manobra de distração, sutilmente sugerida por Rosalba, foi mais que bem-sucedida.

— Fico muito feliz que estejam de novo aqui — disse vovó, antes de começar a comentar as últimas novidades familiares.

— E como estão o Isi e a Sônia? — perguntou mamãe, sorridente.

— Vá brincar lá no jardim — disse-me Rosalba, o que sempre acontecia quando se falava da ovelha negra da família, o marido da minha tia mais nova. Ele não respeitava a fidelidade conjugal, e, cada vez que o repreendiam, dizia, impassível: "Mesmo que um homem possua o mais lindo Rembrandt do mundo, ainda assim gostará de ver outras pinturas, para variar", ou "Ainda que um homem ame uma única mulher, não precisa odiar todas as outras", deixando até o mais aguerrido inquisidor sem saber o que dizer.

Resignada, desci para o sótão e atravessei o corredor escuro que dava acesso ao jardim, um pedacinho de terra ínfimo e triangular, cercado por muros altos. Ali não penetrava nenhum raio de sol, e tudo o que se plantava morria logo em seguida, exceto duas árvores de azevinho inabaláveis que, sempre que eu voltava a vê-las, estavam mais altas e pontiagudas. As casas das minhas tias também tinham um pequeno jardim. Mili e os pais viviam, como nós, num apartamento térreo. *Por sorte, havia um jardim na minha casa na ilha: ali rosas e miosótis floresciam o ano inteiro. Antes de me mudar para lá, recuperei o Rollo, nosso collie. Toda manhã ia passear com ele pela praia. Com exceção de Blimbo e Juana, um casal de caseiros negros que cuidavam do jardim e da casa, não morava mais ninguém na ilha. De vez em quando Mili podia passar uma temporada lá. Meus pais também, mas não juntos, porque eu não queria ouvir a ladainha sobre Banning Cocq na minha ilha. Uma vez ao ano recebia com muito prazer Fritz Kreisler e seu acompanhante, mas, de resto, não admitia ninguém que não fosse expressamente convidado. Blimbo, sentado no alto do farol, me avisava da chegada de qualquer intruso. Nos dias mais claros eu costumava ir vê-lo em seu mirante octogonal. Com um sorriso que parecia uma larga meia-lua branca no rosto negro, ele me emprestava seu binóculo. Eu podia distinguir a cidade em terra firme e as montanhas atrás com bastante precisão, mas ia muito pouco até lá. Estava tão feliz na ilha que quase nunca ia ao continente. Antes de sair do farol, sempre olhava para o monte de pedras verdes e arredondadas para verificar se Blimbo mantinha o nível do estoque. Rollo costumava correr pela praia a uma boa distância à minha frente, mas sempre voltava, latindo baixinho para receber um afago. Eu ficava com fome e lhe dizia que estava na hora de voltar para casa. O mar parecia tentador: ainda era cedo demais naquele ano para nadar, mas quem sabe eu não me aventurasse à tarde.*

Logo que cheguei em casa, o telefone tocou. Só poderia ser Blimbo, e significava problema.
— O que houve, Blimbo?
— Há um barco no cais, senhorita. Mas a senhora não está esperando ninguém, está?
— Não, Blimbo. Será que é uma encomenda postal?
— Acho que não, senhorita. Quem costuma trazer encomendas é o Pedro, e ele não está no barco. Apenas uma senhora estava desembarcando.
— Pergunte o nome dela e o que ela quer.
Tive de ficar esperando no aparelho e ouvi a voz suave de Blimbo falando ao longe. Ele voltou:
— Continua aí, senhorita?
— Sim, claro, Blimbo. Quem é a intrusa?
— Ela diz que é a vovó Hofer, que a senhorita a conhece bem e que veio fazer uma visita.
— Pedra, Blimbo.
Blimbo mirou e acertou em cheio; afinal, era para isso que tinha sido contratado.

O tio Isi deve ter aprontado uma daquelas, porque não voltaram a me chamar para o andar de cima. Após meia hora começou a fazer frio, e fui cumprimentar as duas empregadas, que estavam limpando utensílios de cobre e cantando a plenos pulmões. Eu também cantei o estribilho, com toda a força. Havia algo no ambiente daquela casa que convidava a fazer barulho. Meus tios tinham um gramofone cada e acostumaram-se a colocá-los a todo volume. As crianças que visitavam já começavam a cantar à porta da entrada, esgoelando-se. A rádio ainda não tinha dado início à sua obra civilizadora, do contrário, teria sido uma barulheira insuportável.

Uma das piores torturas daquelas estadias na casa da minha avó era ter que fingir que adorava entreter meus primos menores nas tardes em que as babás estavam de folga. Minhas tias me confiavam o cuidado da prole enquanto iam às matinês de cinema, expressando com tom irônico o desejo de que nos divertíssemos muito brincando. Blimbo era quem mais tinha ocupações nesses dias, porque a brincadeira consistia em impedir que os pirralhos não caíssem das escadas, e para isso eu precisava de sua ajuda. Rosalba se escondia no quarto até a hora do chá, o que era totalmente compreensível.

Outra tortura acontecia nas noites de sexta: ao saírem da sinagoga, os tios traziam algum *schnorrer*, ou mendigo profissional, que era colocado à mesa entre Rosalba e eu. Diante dos ruídos e gestos desses indivíduos com modos de homens primitivos, eu sofria em silêncio, sabendo que vovó me repreenderia severamente se eu reclamasse. Nos dias de semana, um *griner* costumava ter lugar cativo à mesa. Os *griners* (termo iídiche para o *grüner alemão*) não eram *schnorrers*, mas jovens poloneses ou dos arredores que vinham à Antuérpia para aprender o ofício de diamantista. Assim que dominavam a técnica e começavam a ganhar dinheiro, renunciavam à comida gratuita, cedendo o lugar a um novo *griner* e dando exemplo de honestidade e solidariedade. Eram rapazes tímidos, calados, que não falavam outro idioma além do polonês e de uma variante de iídiche que não compreendíamos. Comiam quanto podiam e, com um cumprimento seco, desapareciam assim que a refeição terminava, tão quietos e retraídos como chegavam. Entre os mendigos profissionais havia figuras de todos os tipos, pois um *schnorrer* que levasse a sério o ofício tinha convicção de ocupar uma função social importante para Deus. "Não estava dando ao próximo a oportunidade de exercer a boa ação, que se reverteria em prol do benfeitor, anotada pelo anjo incumbido do encargo em questão?"

"Isso não teria um valor muito mais significativo do que um pouco de comida e um punhado de moedas?"

"Quem era então o verdadeiro benfeitor?"

Essa elevada concepção que tinham do ofício facilitava a convivência, pois os liberava da falsa modéstia e da gratidão que muitas vezes deixavam confusa a relação entre pedinte e doador.

O *schnorrer* costumava carregar um — nem sempre autêntico — documento em hebraico de autoria de um rabino, solicitando apoio para uma comunidade em apuros ou uma escola talmúdica, conhecida como *yeshivá* na Polônia. Assim, ele o levava a um companheiro já instalado na Antuérpia, que, em troca de comissão, lhe fornecia uma lista dos indivíduos mais abastados na comunidade judia. Na Antuérpia não havia ninguém mais bem informado que os *schnorrers*. Circulavam muitas histórias sobre eles, todas muito parecidas. Cada família de benfeitores tinha uma versão diferente da desfaçatez do pedinte ou da benevolência do benfeitor. Uma vez tive a oportunidade de conhecer um grão-mestre do ramo. Ele chegou na tarde de uma sexta-feira de inverno. Vestia um longo cafetã de seda preta e uma cara e elegante touca de pele na diagonal sobre os cabelos ruivos. Um cavanhaque pontiagudo emoldurava o rosto largo e corado. Era a personificação da alegria e, cantando, nos manteve entretidos durante uma hora. Antes de qualquer canção, explicava seu conteúdo, porque não entendíamos bem a variante de seu iídiche, embora falasse muito bem o alemão. Às quatro consultou o relógio.

— Já são quatro — disse. — Só tenho tempo para ver mais um cliente antes de ir ao *shul*.

Retirou a lista com nomes do bolso.

— Escolha um destes para mim, um que não more muito longe — disse em tom jovial ao tio Charlie, que acabara de entrar —, e me leve até ele.

Mais tarde tio Charlie nos contou que, cantando em voz alta, o mestre comprou um imenso charuto, que acendeu e se pôs a fumar com visível prazer. Tio Charlie achou necessário chamar-lhe a atenção para o fato de que aquele comportamento não causaria boa impressão no cliente do qual esperava obter dinheiro.

— Um fedelho como você quer me ensinar o meu ofício? — disse o ruivo, rindo.

Tio Charlie nos jurou que, assim que a porta do cliente foi aberta, o *schnorrer* empalideceu e, soluçando de forma convincente, entrou.

Quando voltou à nossa casa, estava ainda mais alegre do que quando partiu. Como resposta à pergunta de vovó, se tudo havia saído como deveria, respondeu:

— Não tenho do que reclamar.

Tinha sido um dos convidados mais agradáveis à mesa, embora a refeição não tivesse sua total aprovação.

— E o peixe, onde está? — perguntou após a sopa, ao ver servido um prato de carne.

Vovó se desculpou dizendo que, nos Países Baixos, não era costume comer peixe nas noites de sexta-feira.

— Pois bem, pois bem — disse o *schnorrer*, bem-humorado —, mas vocês não sabem o que estão perdendo.

Ele contou uma piada atrás da outra, e ainda me lembro de uma delas, porque ninguém queria me explicar o que era tão engraçado naquilo.

— Num belo dia — começou a contar o *schnorrer* ruivo — cheguei bem a tempo para o *sabbat* numa cidade pequena. Era inverno, uma camada espessa de neve cobria as ruas, e parecia que todas as casas usavam uma quipá branca. Com dificuldade encontrei o caminho da sinagoga. Estava faminto e congelando. Ao fim do culto, perguntei ao ajudante se por acaso conhecia alguma casa onde eu pudesse comer.

— Você está com sorte — diz o ajudante —, pode comer na casa do rabino.

— Do rabino? — exclamo, surpreso, porque todo mundo sabe que nossos rabinos (que Deus os abençoe e mantenha saudáveis para que possam viver cento e vinte anos) não vivem com fartura. Na casa deles não se serve uma refeição como a que pude desfrutar aqui esta noite (apesar da falta do peixe). O ajudante entendeu a que eu me referia.

— Nosso rabino é um homem próspero — disse —, e você vai desfrutar de uma boa refeição na casa dele. Ficará satisfeito.

Ele me explicou como ir até lá e, chegando a uma enorme casa branca, bati à porta, que, sem demora, foi aberta por uma mulher. E que mulher! — enfatizou o ruivo, erguendo os braços e o olhar. — Uma beldade, um anjo caído do céu!

Gaguejei uma desculpa qualquer, porque achei que tivesse batido à porta errada, mas a linda mulher me abriu um largo sorriso. E que sorriso! Um que fez aparecer covinhas em seu rosto como num passe de mágica e revelou dentes que pareciam pérolas.

Ela me convidou a entrar e disse que era a esposa do rabino.

As esposas dos nossos rabinos costumam ser mulheres boas e virtuosas. Algumas são também muito sábias. Mas não são necessariamente bonitas; de fato, não o são (Que Deus as abençoe!). Como a que via diante de mim, jamais tinha encontrado.

Segui atrás dela até chegar à sala de jantar, um aposento grande com uma mesa ricamente servida.

Ali estava o rabino. Ilustre como um rei, numa cadeira que mais parecia um trono, cheia de almofadas de seda. Cumprimentou-me com seriedade, mas também simpatia, e indicou onde eu deveria me sentar. A bela mulher acendeu as velas do grandioso e cintilante candelabro e a luz das chamas se refletiu tão suavemente em seus grandes olhos escuros que até eu fiquei em silêncio por alguns instantes.

Ela saiu, voltando com uma sopeira de prata. Como deve ser, serviu primeiro ao marido. O rabino provou da sopa, balançou a cabeça, apanhou com uma das mãos o sal, com a outra, a pimenta, e acrescentou uma boa quantidade de ambos ao prato. O medo me cingiu a garganta. Ela é bonita demais para também saber cozinhar bem, pensei, e, quando me serviu a sopa, coloquei um pouquinho na colher e provei... com muito cuidado... A sopa estava excelente, para não dizer divina. Comi todo o conteúdo do meu prato e não recusei quando a mulher do rabino se propôs a enchê-lo outra vez. Depois havia peixe. Carpa com uvas-passas, meu prato predileto. (Uma refeição sem carpa e uvas-passas não é refeição, eu sempre digo.) Novamente o rabino provou, balançou a cabeça e despejou um punhado de sal e pimenta sobre a nobre carpa. Uma profanação. No rosto gracioso e calmo não encontrei um único sinal de admiração. Pelo visto se tratava de um costume do rabino, que continuou até chegar ao *kugel*, que também foi temperado com sal e pimenta.

Após a oração de agradecimento, não me aguentei mais.

— *Rebbe* — digo a ele, absorto em profunda contemplação, olhando para o vazio. — *Rebbe*, posso fazer uma pergunta?

— É claro, meu filho, pergunte o que quiser.

— *Rebbe* — falo então —, tudo estava tão bom... Por que o senhor estragou a comida deliciosa ao despejar tanto sal e pimenta?

— Eu imaginei que você fosse me perguntar — disse o rabino, suspirando. — Todos sempre perguntam. Vou tentar explicar. Veja bem. De acordo com as escrituras, todas as coisas terrenas devem deixar algo a desejar. Eu tento viver segundo os ensinamentos. Quando me servem um prato muito agradável ao paladar, considero necessário acrescentar a ele algo que o torne menos delicioso, porque nada aqui na terra pode ser perfeito. Consegue entender?

— Sim, *rebbe* — respondi. — Não só entendo como agradeço a explicação tão clara. No entanto, tenho outra pergunta.

— Vá em frente, meu filho.
— Quanto de sal e pimenta o senhor precisa despejar sobre a sua esposa?

Embora não tenha entendido a piada, eu me diverti muito com a maneira com que o nosso menestrel a contou. E ele conseguia mudar o tom do semblante a cada personagem. Quando introduziu a fala do rabino, ficou visivelmente mais pálido, os olhos assumiram uma expressão de seriedade e reflexão e até as mãos pareciam mais longas e finas. Ao falar sobre a esposa do rabino, porém, víamos nele a encantadora jovem, apesar do cavanhaque pontiagudo.

Antes que ele fosse embora, vovó agradeceu em nome de todos nós pela agradável companhia e pelos belos cânticos.

Um sorriso melancólico apareceu em seu rosto, repentinamente sério e pálido.

— Eu me alegro e me sinto grato se os diverti com minhas canções e piadas, e digo por quê. Não passo de um pobre pecador que costuma se desviar do bom caminho. De noite, quando não consigo dormir (porque todas as noites eu durmo numa cama diferente), me pergunto o que vai ser de mim no futuro e o que me estará esperando depois que o Anjo da Morte vier me buscar.

Certa vez falei sobre o assunto com um sábio.

— Não se preocupe — disse ele —, loucos cantantes como você sempre acabam bem, neste mundo e no outro. Os justos, em proveito próprio, vão atenuar os seus vários pecados, já que o lado de lá, como este daqui, seria muito tedioso sem os cantores, bufões e poetas.

3

Mais tarde Lucie me confessou que fora à sinagoga naquela manhã de sábado só para me conhecer. Como não costumava frequentá-la, sua aparição repentina provocou certo rebuliço, embora tivesse se sentado em silêncio na última fileira de bancos para não chamar atenção.

Quando me hospedava na casa da vovó, tinha que ir semanalmente ao *shul*. Ainda não era comum ensinarem o hebraico como uma língua viva e, apesar de eu tê-lo aprendido, não conseguia acompanhar os ritos, então logo me perdia e olhava de relance para vovó. Cada vez que ela virava uma página no livro de orações, eu fazia o mesmo. Não ousava confessar a ninguém, nem a mim mesma, que achava a cerimônia muito longa, pois era muito devota.

Como homens e mulheres eram estritamente separados durante o culto, subíamos uma grande escada para chegar à galeria feminina, onde ficávamos atrás de um gradeado a fim de nos proteger dos olhares de cobiça dos homens sentados abaixo de nós. Quando trago à memória a aparência das fiéis, acabo achando desnecessário o gradeado de proteção contra esses olhares.

Enquanto o serviço religioso se desenrolava, eu experimentava diversas técnicas para combater o sono. Primeiro tentava localizar, por entre as grades, meus tios e outros homens que eu conhecia na galeria masculina. Eles vestiam roupas escuras e sóbrias e nos ombros o *talit*, um tipo de xale de oração em preto e branco. Na cabeça traziam a quipá, ou um tipo de chapéu preto e flexível que acabou caindo nas graças de um ministro britânico.

Depois de observar as figuras masculinas de cima a baixo, começava a contar os buracos do gradeado, em seguida o número de frequentadoras que usavam perucas. Ainda havia muitas judias casadas que usavam a peruca obrigatória sob os pomposos chapéus do *sabbat*.

As que minha avó usava deviam ser uma fonte de irritação para as outras devotas, porque ela conseguia pôr a devoção a serviço da vaidade. Ela as encomendava de um renomado artista parisiense, e os cabelos sedosos eram de um tom acastanhado, ondulados e cheios de cachos, adornados com tiaras e grampos alegres e cintilantes.

Com pé-direito baixo, o ambiente cheirava a mulheres velhas, água de lavanda e fome, porque tínhamos de assistir ao serviço religioso em jejum. Certa vez me senti mais enjoada que o normal por causa do ar viciado, pois já estava com doze anos, a idade em que uma judia era considerada madura para participar ativamente das obrigações impostas pela fé, e Rosalba me privou pela primeira vez do lanche dado às crianças.

— Agora você não pode mais comer — disse ela, como sempre mais rigorosa nos ensinamentos que vovó, que teria liberado umas fatias de bolo apesar de eu já estar crescida.

Embora com medo de que, se percebesse, Nosso Senhor me atingisse com seus raios, naquela manhã eu acabei dormindo. Acordei em um sobressalto quando o ritual terminou, com a conversa animada das outras mulheres, que também estavam felizes por não terem de ficar caladas por mais tempo.

Ao passar por nós, vovó Hofer nos cumprimentou com um gélido aceno de cabeça. Depois as tias foram buscar minha avó para levá-la até a saída.

Em seguida, caminharíamos todas juntas até a casa de vovó, onde Rosalba havia providenciado o costumeiro café da manhã. Só que dessa vez as coisas foram um pouco diferentes, porque na saída a srta. Lucie Mardell veio em minha direção, o que criou grande comoção no lado feminino da minha família. A srta. Mardell era muito mais distinta que nós — quer dizer, que a família de mamãe. A de papai pertencia, segundo ele, à mais antiga nobreza.

As opiniões sobre o grau de distinção de uns e outros divergiam bastante em nossa comunidade. Cada grupo possuía a sua, desdenhando dos demais. Os judeus-alemães exerciam o seu desdém sobre os poloneses, e estes se achavam superiores aos holandeses, que, por sua vez, depreciavam os outros, de modo que todos ficavam satisfeitos. Os "genuínos belgas", que já viviam na cidade havia uma ou mais gerações, não julgavam que qualquer mortal de outra linhagem fosse digno de um mero olhar, com exceção de um seleto grupo de "pessoas finas", que, independentemente de sua origem, era respeitado e altamente estimado. Ninguém sabia como haviam alcançado aquele status; em geral não estava relacionado a intelectualidade ou prosperidade. No entanto, tendo se apropriado do título, era perceptível em seus rostos: "Sou uma 'pessoa fina' e, como tal, estou isenta de qualquer preconceito".

O pai de Lucie decididamente não era uma "pessoa fina". Era carrancudo e inacessível. Exceto por papai, que nos dias de glória antes do casamento havia sido amigo do sr. Mardell, ninguém da família conhecia sua casa para além do térreo, onde mantinha seu escritório. Lucie e o pai eram tão ilustres que não se davam com ninguém da nossa comunidade, até que, inesperadamente, ela me dirigiu a palavra na saída do *shul*.

— É você a menina que toca piano tão bem? — perguntou, os grandes olhos cinza-claros e os lábios finos exibindo um sorriso irônico que, com o tempo, eu aprenderia a amar e temer.

Vestia um casaco verde-escuro e um pequeno chapéu de pele cinza sobre os cabelos castanho-claros. Eu era esnobe, como a maioria das crianças. Adorei perceber que minha avó e minhas tias mal podiam esconder a inveja. Lucie pôs a mão em meu ombro e me levou até a rua. Era nítido que vovó não sabia o que fazer. Embora estivesse lisonjeada pelo interesse das pessoas mais importantes da comunidade, estava descontente por ele se dirigir só a mim.

— Ouça — disse Lucie, suavemente, acenando para minha família com um gesto altivo —, eles têm um bom instrumento em casa?

— Não é muito bom, senhorita — respondi com sinceridade, porque toda a família aprendeu a tocar naquele piano infeliz, e era compreensível que, com o passar dos anos, fosse ficando cada vez mais desafinado.

— Vou perguntar se você pode ir tocar lá em casa, temos um Steinway excelente — disse Lucie.

De repente ela se mostrou afável e educada com todos e num piscar de olhos obteve a tão desejada aprovação de minha atônita avó.

— Mas não quero que ela ande sozinha pelas ruas — foi sua última e simplória tentativa de resistência.

— Eu mando minha empregada ir buscá-la, ou então vou pessoalmente — prometeu. Depois lançou a todos os rostos irritados um aceno de cabeça e me disse: — Até segunda às dez!

A caminho de casa, a irritação reprimida explodiu:

— Que desfaçatez!

— Quem ela pensa que é?

— Você nunca deveria ter concordado, mamãe!

— Sem nem olhar para o resto de nós, convida Gittel para tocar piano, e ela nem tem vontade de ir à casa dessa figura desagradável, não é?

— Se o piano de cauda for bom, não me importo que ela seja desagradável — respondi.

Na segunda de manhã, recebi um cuidado a mais e, pela honra da família, um laço branco novo nos cabelos. Lucie foi me buscar no horário combinado.

— Vou cuidar bem dela — disse, sorrindo gentilmente para minha avó, mas, quando estávamos na rua, ela soltou: — Ufa, no último instante achei que fossem proibi-la de vir.

A casa dos Mardell, a mais bonita da alameda, ficava na diagonal oposta à de vovó. Para minha surpresa, não fomos diretamente para lá.

— Antes de tudo precisamos discutir o programa da cerimônia — disse Lucie, fingindo seriedade. — Imagino que você vai detestar, mas, primeiro, será apresentada a todos em casa. É inevitável numa primeira visita — disse, ajeitando o meu laço. — Diga sinceramente, você acha isso chato, não é?

Fiz que sim com a cabeça. Acho que foi nesse instante que comecei a adorá-la.

— Meu pai quer ver você, porque conhece bem o seu pai, mas não vai demorar, porque está sempre muito ocupado e é calado por natureza. Da Bertha você não vai conseguir se livrar tão rápido. Ela está com a gente desde sempre, como a Rosalba na casa de vocês.

A mãe de Lucie morreu muito jovem. Bertha considerava Lucie como sua filha.

— E às vezes é muito desagradável, porque ela não para de falar na minha cabeça que preciso me casar, o que não tenho a menor intenção de fazer. — Eu também seria apresentada a Salvinia Natans, Menie

Oberberg e Gabriel, três funcionários do sr. Mardell, que se dedicava às finanças. — Graças a Deus a Salvinia e o Menie acabaram de ficar noivos. Passamos um bom tempo angustiados até que isso acontecesse. Salvinia e Menie trabalhavam no escritório havia três anos, e, durante todo o tempo, estiveram apaixonados sem ousar dizer uma palavra sobre isso, até que Salvinia começou a ter desmaios, e Menie emagreceu a ponto de exibir uma aparência tão cadavérica que começou a irritar o pai de Lucie. Sem nem mesmo consultar Menie, ele pediu Salvinia em casamento em seu nome e levou a Menie o jubiloso "sim", desde então a felicidade transparecia em ambos.

— E Gabriel?

— Ah, Gabriel é o mais novo dos funcionários — disse Lucie, indiferente. — Depois de você ser apresentada a todos, como deve ser, você tocará primeiro para mim, e tomará uma taça de chocolate quente, aí eu a deixarei em paz, se quiser. Caso contrário, eu lhe faço companhia com algum trabalho manual, em silêncio total.

Eu já sabia como funcionava esse silêncio total e disse da maneira mais educada que era evidente que podia me fazer companhia. Lucie, muito esperta, entendeu a que eu me referia.

— Você não acredita que fico em silêncio, não é? — perguntou, rindo. — Mas vai ver como é verdade.

Atravessamos a rua e logo estávamos diante da porta branca e alta do casarão. Uma mulher loira e gorda de avental branco com mangas nos deixou entrar, me beijou nas bochechas e começou um relato sobre "o senhor seu pai", de quem parecia gostar muito. Lucie piscou para mim e disse:

— Bertha, não é melhor deixar para contar o resto outro dia? Meu pai deve estar esperando.

Ela bateu à porta e eu a acompanhei a uma sala onde dois homens e uma mulher trabalhavam em suas mesas com afinco, somando e subtraindo em contas intermináveis. Salvinia, baixinha, gordinha e morena, usava óculos e não tinha pescoço. Com o olhar dirigido a Menie, ela se inclinou e me envolveu com os braços. Menie se comoveu tanto com aquele quadro maternal que seus óculos ficaram embaçados. Ele os secou com um lenço, que logo depois passou pela cabeça praticamente calva. Salvinia confessou que queria ter seis filhas e me deu outro beijo. Apertei a mão suada de Menie e só então reparei na figura de Gabriel. O anjo Gabriel num terno preto e surrado de mangas largas.

Os olhos castanho-escuros sorriram com gentileza para mim de um rosto tão extraordinariamente cativante que o encarei boquiaberta. O cabelo cor de cobre cintilava como se fosse iluminado por um sol invisível para os outros mortais. Pela testa branca e alta caía despreocupadamente um cacho de cabelos, fazendo uma ponte até uma das sobrancelhas escuras. As manchas de tinta que sujavam seus dedos não conseguiam esconder o nobre formato de suas longas mãos.

— Devo dizer a seu pai que a senhorita está aqui? Acredito que esteja livre no momento.

— Obrigada, Gabriel. — Lucie assentiu, e só depois que ele saiu da sala me dei conta do ambiente cinzento e desinteressante, com a pintura da madeira descascada e o papel de parede escuro. O único adorno era um calendário de escritório coberto de rabiscos ilegíveis. Ele voltou e manteve educadamente a porta aberta para que passássemos. Gabriel era alto e esbelto, uns trinta centímetros maior que Lucie, que eu já achava alta demais para uma mulher.

— Eu não posso ir simplesmente entrando — explicou Lucie no corredor. — Ele às vezes se reúne com pessoas muito importantes.

Ela bateu numa porta que parecia feita de mel solidificado, e, após uma voz cordial dizer "pode entrar", vi pela primeira vez a sala do sr. Mardell, que achei muito estranha, pois, em vez de móveis, era ocupada somente por uma escrivaninha e três cadeiras. As paredes eram cobertas até certa altura por prateleiras de livros e, acima delas, uma porção de quadros. Atrás da mesa, feita da mesma espécie estranha de madeira que a porta, estava sentado o pai de Lucie, um homem alto e elegante com cabelos castanho-claros, já grisalhos nas laterais, e um desses rostos inexpressivos dos quais os góis dizem não se parecerem a um rosto judeu.

Ele se levantou quando entramos e disse num tom grave:

— Então aqui está nossa artista. Como vai o seu pai?

Viria a fazer essa pergunta cada vez que nos encontrássemos. Minha mãe e a família dela não existiam para ele. Respondi que papai ia bem, obrigada, e perguntei se podia ver de perto os quadros.

— Claro. Depois quero ouvir a sua opinião.

O sr. Mardell sempre me trataria como se eu estivesse chegando à casa dos setenta.

Aqueles quadros eram muito diferentes dos que eu via na casa de vovó. Eu os achei muito estranhos, especialmente um que retratava uma senhora roxa com uma barriga verde desbotada. Na maioria dos casos eu nem chegava perto de imaginar o que representavam, o que talvez fosse melhor.

— Muito bem. Agora, a sua opinião — pediu o sr. Mardell.

— Papai me disse que o senhor sabe reconhecer o belo muito antes dos outros — comentei —, então tenho certeza de que essas pinturas serão lindas.

— Mas, para a senhorita, ainda não são? — perguntou.

Não, e achei que era infantil fingir que sim.

— Nenhuma dessas telas conta com a sua aprovação?

Apontei para o quadro com uma casinha branca à beira de um canal, rodeada de árvores, pintada em uma tarde nublada de outono. Um único tom de laranja vivo marcava o rastro luminoso do sol poente. — Essa casa em outubro.

— Ah, que menina mais surpreendente! — Lucie riu. — E por que seria uma casa em outubro?

— É outubro — insisti. — Cheira a folhas de jardim recém-queimadas.

O sr. Mardell me perguntou por que me parecia uma pintura bonita.

— Porque é uma casa tão feliz que os moradores não se importam se está frio e escuro do lado de fora — gaguejei, de repente receosa de que Lucie me achasse muito boba.

— Vamos — disse ela. — Vamos subir, senão você vai dizer que é minha culpa não ter tocado tempo suficiente.

Ela me deu outra piscadela e tudo voltou a ficar em paz entre nós. Quando fui me despedir do sr. Mardell, ele disse que também gostaria de me ouvir tocar.

— Quer dizer, se você não tiver nenhuma objeção.

Naquela manhã, não reparei em nada além do Steinway no aposento em que entramos. Poucos pianos possuem uma alma, e o piano de cauda dos Mardell era uma dessas deliciosas exceções. O pai de Lucie não nos acompanhou por muito tempo, mas antes de sair me disse que eu poderia ir tocar sempre que quisesse, inclusive à tarde. A casa tinha tantos aposentos que eu não incomodaria ninguém.

Lucie manteve a palavra. Sentou-se com seus trabalhos manuais e permaneceu em silêncio para que eu pudesse desfrutar da música sem me perturbar. Ao meio-dia, juntou as coisas e disse que me levaria para casa.

— Você acha que terá vontade de voltar amanhã? — perguntou, provocando.

Não me ocorreu nenhuma resposta espirituosa.

Tive de passar por um verdadeiro interrogatório na casa de vovó, mas não falei muito.

Na manhã seguinte, "a casa em outubro" estava pendurada ao lado do piano.

— Meu pai disse que pode ficar aqui durante todo o tempo que você vier tocar — disse Lucie —, o que é uma grande honra. Ele nunca me emprestou um quadro.

Depois de uma semana, Lucie tinha me conquistado.

Se alguém me lembrasse de que, quando a vi pela primeira vez, a achei uma desengonçada, eu teria negado, indignada. Ela me pediu desde o início que a chamasse pelo nome, que eu rolava na língua como uma guloseima. Em grande parte, seu fascínio se dava ao fato de ser diferente de todas as mulheres que eu conhecia. Ela não falava nem ria demais, e era completamente segura de si.

Vestia roupas e cores que combinavam com ela, sem se importar que estivessem ou não na moda. Numa época em que todas as mulheres apresentavam um corte de cabelo curto, com a nuca raspada, ela mantinha o cabelo comprido, dividido ao meio, e levemente ondulado abaixo do pescoço, e fiquei contente por mamãe ter me proibido de cortar o meu quando lhe implorei que me deixasse.

Infelizmente, o meu não era castanho-claro ou ondulado, mas liso, e preto como carvão. Perguntei a vovó se sabia de alguém que tivesse mudado a cor dos cabelos de um dia para o outro. Que ela soubesse, só o conde de Monte Cristo após ter pernoitado em uma caverna com vários cadáveres. Parecia uma causa perdida.

A casa dos Mardell era de construção sólida, e o barulho das máquinas de escrever, orquestradas por Menie e Salvinia, não chegava até a sala em que ficava o piano. Sempre me dava muito trabalho evitar os dois apaixonados no caminho até o segundo andar. Eles adoravam mostrar um ao outro quanto lidavam bem com crianças. Escapar da tagarelice de Bertha era impossível porque, ainda que eu conseguisse quando ela abria a porta para me deixar entrar, era obrigada a aguentar sua verborragia na hora do café.

Quando eu subia para tocar, Lucie nem sempre me acompanhava. Ela aproveitava para ir fazer compras ou visitar uma amiga, e era quando o sr. Mardell fazia as honras da casa, tomando o café ou o chá comigo, dependendo da hora, se fosse de manhã ou à tarde.

Às vezes me pedia que tocasse algo para ele e, quando tinha tempo, me levava a seu escritório, onde com muita paciência tentava me ensinar a "enxergar" os quadros, como dizia. Não me deixava recapitular o que falava. Como ironicamente explicava, não tinha a menor necessidade de ouvir a própria opinião da minha boca, embora estivesse lisonjeado por ter uma excelente aluna.

— Tenha a coragem de permanecer em silêncio se não tem nada a dizer, assim você será muito menos cansativa que a maioria das mulheres.

No entanto, continuava incansavelmente a me explicar sua coleção, e pouco a pouco comecei a "enxergar". Certa vez, quando estávamos sentados em seu escritório, depois de uma dessas visitas guiadas, ele me perguntou de repente o que me motivou a escolher uma profissão tão árdua como a de pianista de concerto.

Porque nada me parecia melhor do que fazer música.

— Eu entendo, mas não é fácil ganhar a vida assim.

Ele repetiu a pergunta, e eu lhe disse que era porque um senhor tinha ido tocar piano na nossa casa após a morte do meu primo.

— O filho do Jankel Hofer?

— É... o Aron.

Pela primeira vez percebi como era difícil expressar algo por meio de palavras, era impossível fazer o sr. Mardell entender quanto eu havia amado Aron.

— Ninguém tinha me dito que ele estava doente e, um dia, quando perguntei a mamãe se podia ir brincar com ele, ela me disse que não falasse com ninguém a respeito, mas o fato era que ele tinha se comportado muito mal e por isso foi mandado por seis meses para um internato na Inglaterra.

Para uma criança de cinco anos, seis meses parecem uma eternidade.

— Pois é — disse o sr. Mardell. — Depois os anos ficam mais curtos e as horas mais longas.

Ele não permitiu que eu ficasse em silêncio por muito tempo. Quis saber o que eu tinha feito ao receber a notícia.

— Fui para a casa da minha melhor amiga, Mili.

— Ela é da mesma idade que a Lucie? — perguntou, o que me fez gargalhar.

— Não, não, é dois anos mais nova que eu, mas muito esperta. Bem mais esperta que eu. Desde sempre. É engraçado, não é? Ainda somos amigas... vamos juntas para a escola e... — fui dizendo, mas o sr. Mardell não me deixou escapar.

— E por que você foi naquela tarde à casa da sua amiga?

— Porque eu queria saber quando o Aron chegaria. Minha mãe tinha dito "exatamente em meio ano". Mili, essa amiga, tinha uma babá, a quem eu perguntei mais...

Mas era uma longa história. Devo contar tudo ou não? O sr. Mardell disse que sim.

— Mili estava jogando bingo quando entrei. Ela jogava muito bem, sempre ganhava. A babá fazia parecer que a deixava ganhar de propósito, mas estava claro que ela ganhava de verdade. Eu me sentei com elas e perguntei à babá: "Como se chama o dia de hoje e mais meio ano?". Ela perguntou se eu tinha ficado louca.

A babá não tinha muita simpatia por mim. Ela gostava tanto da Mili que se irritava por eu tocar piano melhor que a sua favorita. Mili se dava melhor em tudo, e teria tocado piano melhor do que eu se tivesse mais interesse por música.

— A Mili perguntou: "O que você quer dizer exatamente?".

— Muito inteligente — elogiou o sr. Mardell.

— Pois é, ela é assim. Depois de explicar que o dia do meu aniversário se chama 11 de maio, voltei a perguntar como se chamava o dia de hoje mais meio ano. A babá respondeu: "Ai, você não sabe nem os meses? A Mili sim, ela sabe. Venha, Mili!".

E Mili recitou então os nomes dos meses.

Ela deslizou na cadeira e ficou em posição de apresentação, os braços para trás e a perna esquerda para a frente. A voz era inesperadamente grave para uma pessoa tão pequena.

— Ja-neiro — disse Mili.

— Feve-reiro, MARÇO — E então, tomando fôlego, emendou numa só palavra: — Junhojugostosetemutubrovembrozembro.

O sr. Mardell concluiu que Mili não tinha me ajudado muito.

— Não, mas no fim a babá deu a resposta correta: "meio ano a partir daquele dia seria o dia 6 de maio". Mas agora podemos ver algum quadro?

— Outro dia — respondeu o sr. Mardell. — O que aconteceu no dia 6 de maio?

— Perguntei à mamãe se eu podia ir buscar o Aron no trem. Ela ficou tão pálida que o pó de arroz no nariz e na testa parecia cor de laranja. Ela me encarou com aqueles grandes olhos escuros, assustada.

— Quando ela entendeu do que eu estava falando, disse que o Aron tinha ido para os Estados Unidos, onde passaria dez anos. E pediu que eu não lhe escrevesse e não comentasse nada com ninguém, porque ele tinha voltado a se comportar muito mal. Não falei com ninguém, mas um dia, depois de brincar com o irmão mais novo do Aron na rua em frente à casa da tia Nella, o filho de uns vizinhos me perguntou se eu tinha brincado com o irmãozinho do menino que morreu no ano anterior.

O sr. Mardell permaneceu calado, mas, sentado atrás da escrivaninha, pegou o abridor de cartas e se pôs a observá-lo atentamente.

— O Aron não se comportou mal — eu disse depois de um tempo.

Não precisei contar ao sr. Mardell que tinha passado alguns dias de cama sem querer comer. Embora conseguisse entender que minha mãe não tinha dito a verdade para que eu não sofresse, eu custava a acreditar que Aron tinha se comportado mal.

— Alguns dias depois, recebemos a visita daquele senhor que tocava piano, o monsieur Ercole.

— Ercole?! — exclamou o sr. Mardell, incrédulo. — Eu também o conheci, muito tempo atrás, mas achei que já fazia anos que ele... Enfim, continue.

Monsieur Ercole vestia uma capa grande e escura e um chapéu preto de aba larga sobre os indomáveis cabelos grisalhos. De acordo com o que assegurou sua acompanhante, uma robusta senhora loira de capa azul-escura, não haveria mais problemas e ele em breve voltaria para casa. Ela passaria para buscá-lo umas horas mais tarde.

Sem capa nem chapéu, monsieur Ercole era um homem frágil e magricelo, mas com mãos mágicas.

— Ele se sentou diante do piano e começou a tocar... eu não sabia que existia uma coisa tão bonita.

O sr. Mardell disse não podia acreditar que aquela fosse a primeira vez que se tocava piano na casa de papai.

— Não, claro que não, as pessoas vinham tocar para nós, mas aquilo era diferente, aquela peça era como... espero que o senhor não vá rir de mim.

— Eu não costumo rir das pessoas.

— Era como um jardim com cascatas e borboletas ao sol.

— Que peça era?

— O primeiro *Impromptu* de Chopin. Quando acabava, eu pedia para ele repetir, e ele repetia. E nesse dia ele comeu lá em casa com a gente, mas aconteceu uma coisa horrível.

— Eu já estava mesmo esperando... — disse o sr. Mardell.

— A culpa foi minha, porque eu perguntei ao monsieur Ercole se poderíamos ir a um concerto dele. Ele disse que não era concertista e que só tocava de vez em quando para algum amigo. De repente ele soltou vários gritos e ficou todo roxo e começou a babar espuma.

— O pobre coitado está completamente louco — disse o sr. Mardell. — Ele acha que os inimigos o internaram para publicar um livro que ele acredita ter escrito e lhe roubar a autoria.

— Foi de apavorar, e papai se viu obrigado a ligar para o hospício. Quando a enfermeira chegou, o monsieur Ercole estava estrebuchando no chão. Ela disse que naquelas circunstâncias ele não poderia voltar para casa. E tudo por minha culpa.

    Nesse momento, o sr. Mardell disse algo estranhíssimo: que eu cuidasse de não me tornar uma virgem tola ao crescer. Fiquei sem entender, e ele se deu conta.

    — A morte faz parte da vida — explicou —, e talvez seja a melhor parte dela. Não há alegria sem sofrimento. São inseparáveis como o sol e a sombra.

    Ele achava que, por eu ter sofrido ainda muito nova uma tristeza profunda, tinha me refugiado na música. E, se não tomasse cuidado, não seria capaz de me deparar com a mágoa nem com o regozijo e ficaria de mãos abanando como as virgens tolas que não levaram azeite consigo. Ele deu uma risadinha e emendou:

    — Os escribas balançariam a cabeça se pudessem me ouvir. Venha, vou ler a parábola para a senhorita.

    Enquanto ele procurava a passagem na Bíblia, sempre aberta sobre a escrivaninha, foi me explicando o que era uma parábola, porque eu não conhecia essa palavra.

    Em seguida escutei, fascinada, as palavras surpreendentes em sua plácida voz.

    "Cinco eram insensatas e cinco, prudentes. As insensatas, ao pegarem as lâmpadas, não levaram azeite consigo, enquanto as prudentes levaram vasos de azeite com suas lâmpadas.

    Atrasando o noivo, todos elas acabaram cochilando e dormindo. À meia-noite, ouviu-se um grito: 'O noivo vem aí! Saí ao seu encontro!'. Todas as virgens levantaram-se, então, e trataram de aprontar as lâmpadas.

    As insensatas disseram às prudentes: 'Dai-nos do vosso azeite, porque as nossas lâmpadas apagam-se'. As prudentes responderam: 'De modo algum, o azeite poderia não bastar para nós e para vós. Ide antes aos que vendem e comprai para vós'.

    Enquanto foram comprar o azeite, o noivo chegou, e as que estavam prontas entraram com ele para o banquete de núpcias. E fechou-se a porta. Finalmente, chegaram as outras virgens, dizendo: 'Senhor, senhor, abre-nos!'. Mas ele respondeu: 'Em verdade vos digo: Não vos conheço'".

— Que pessoas más! — exclamei. — O que lhes custava emprestar do azeite às outras? Foram muito más! Nesse caso, prefiro ser uma virgem tola.

— As outras se dão melhor na vida — opinou o sr. Mardell, erguendo o olhar da Bíblia. — De qualquer forma, não comente nada com a Lucie. Ela vai se chatear comigo se souber que minhas palavras lhe causaram tristeza — disse ele, com um sorriso culpado. — Não deveria ter perguntado tanto sobre o Aron.

Embora o sr. Mardell costumasse parecer mais sensato que a maioria dos adultos, sabia que seria inútil tentar lhe explicar que não tinha ficado triste pelo Aron, mas sim por aquelas frases horríveis: "E fechou-se a porta" e "Não vos conheço".

— Vou voltar ao piano e tocar um pouco — avisei.

4

— Sempre adorei viajar, porque andar de trem é divertido, mas agora me sinto feliz de ter chegado ao destino — comentei certa manhã com Lucie.

Ela suspirou.

— Lá vem você com suas complicações!

Não era a primeira vez que eu tentava explicar, com muito cuidado, que maravilha era poder estar com ela na tranquila sala onde ficava o piano de cauda. Mas era sempre em vão, então eu acabava desistindo. Talvez ela simplesmente não quisesse entender, e se tinha uma coisa que eu queria evitar a todo custo era perturbá-la. Vai que dissesse de repente: "não volte mais", ou "outra menina virá no seu lugar", ou ainda "não tenho mais tempo para você".

Pelo que tudo indicava, havia dois tipos de pessoas no mundo: as normais, com quem se podia falar, e as estranhas, a quem só se podia escutar. Não que Lucie fosse falante. Quando estava na sala, costumava manter a linda cabeça loira inclinada sobre algum trabalho manual, e só conversava comigo quando Bertha trazia o café ou se o pai também estivesse presente. Não o vi por alguns dias depois que discordamos sobre as virgens prudentes e insensatas. Naquela manhã, ele havia subido outra vez, e agimos como se nada tivesse acontecido. Com ele, sim, eu podia falar. E lhe contei que, no dia anterior, havia feito uma descoberta curiosa. Vovó tinha recebido a visita de uma senhora e, como todos faziam, ela me perguntou o que eu achava da Antuérpia. Como sempre, respondi que era uma cidade linda, mas, ao dar a resposta, me dei conta de que na verdade eu não conhecia nada além de uns aposentos em algumas casas, o que era incrível, porque já havia estado lá muitas vezes.

Após ter me ouvido com a habitual gentileza, o sr. Mardell disse:

— Se entendi direito, a senhorita gostaria de conhecer melhor a cidade. Pois bem, aqui em casa contamos com um especialista nessa área. Gabriel. Se ele não souber de algo referente à cidade, ninguém mais o saberá. Vou pedir que ele suba.

Lucie se prontificou a ir buscá-lo. Enquanto isso, o sr. Mardell me contou que Gabriel era talentoso em várias áreas.

— De onde adquiriu tanto conhecimento é um mistério. Com certeza não foi dos pais. Nasceu na sarjeta e cresceu na pobreza. — Então Gabriel entrou, tímido, na sala. — Sente-se, Gabriel — disse o sr. Mardell. — Estamos com um sério problema. Nossa jovem amiga aqui se deu conta de que, apesar das inúmeras visitas a Antuérpia, conhece pouco ou quase nada desta bela cidade em que, se não me engano, ela mesma nasceu.

Fiz que sim com a cabeça.

— Chegamos à conclusão de que isso deve mudar, e este é o motivo de você estar aqui. Acho que não se importaria em fazer uma lista dos monumentos que ela deve conhecer.

Gabriel corou de alegria.

— Ah, criança, é uma cidade maravilhosa, cheia de encantos. Para começar...

— Gabriel — interrompi —, eu agradeço muito se você puder fazer essa lista para mim, mas não tem pressa, porque nem posso sair por aí sozinha e todo mundo está sempre muito ocupado para me acompanhar.

— Então você vai comigo — disse Lucie, decidida. — Pergunte lá na sua casa se pode passear comigo no domingo à tarde, e, se o Gabriel tiver tempo e vontade, pode nos acompanhar como guia. Eu também gostaria de aprender mais sobre a cidade. Aliás, Gabriel, como você a conhece tão bem?

— Se uma pessoa gosta muito de alguma coisa — disse Gabriel, ruborizado —, quer saber tudo sobre ela. A cada semana leio um livro sobre a Antuérpia. Ficaria espantada, srta. Mardell, se soubesse quanto já foi escrito sobre a cidade, desde tempos imemoriais.

— Mas onde você arranja todos esses livros caros? — perguntou Lucie.

— Existe uma coisa chamada biblioteca, minha filha — comentou o sr. Mardell.

— Já ouvi falar — rebateu Lucie, irritada —, mas não está aberta quando o Gabriel termina o expediente.

— Tem razão, srta. Mardell, mas na biblioteca há uma jovem simpática que pega os livros que me interessam e os leva para casa, onde posso buscá-los. E eu os devolvo quando termino de ler.

— Um esforço desnecessário — opinou Lucie —, já que eu tenho tempo de sobra. A partir de agora, se a Gittel e eu nos tornarmos, por assim dizer, suas alunas, proponho que eu vá pegar os livros para você.

— Muito atencioso da sua parte, srta. Mardell, mas dificilmente eu poderia aceitar.

O sr. Mardell se levantou e, afagando a cabeça de Gabriel, disse:

— Se eu fosse você, meu garoto, iria com calma, porque minha filha não sabe o que fazer com o tempo vago. Adeus, senhoritas, o dever nos chama — anunciou, apoiando um braço frouxo sobre os ombros de Gabriel enquanto saíam do aposento.

— Seu pai é muito bom para o Gabriel, não é?

— E como — disse Lucie. — Ele o adora. Gabriel parece ser talentoso para os negócios. Mas, agora, volte a tocar.

Deu trabalho conseguir permissão para passear com Lucie nas tardes de domingo. Pareceu mais sensato omitir o fato de que Gabriel nos acompanharia, porque mamãe me proibiria na mesma hora. Como sempre, minha avó se via em um dilema em tudo o que concernia aos Mardell. Rosalba, que tomou fielmente o meu partido, foi o fator determinante.

— Ah, deixem a menina — disse. — No fundo é muito entediante ficar aqui. O Fredie e o Charlie são bem mais velhos que ela, e as outras crianças, bem mais novas. Ela fica sempre de bobeira por aí.

Mamãe disse que não entendia o que eu via na jovem senhorita.

— E ela por acaso é nova? Poderia ser sua mãe.

Na verdade, era quase idosa com seus vinte e nove anos, o que tornava sua amizade ainda mais preciosa para mim. Mas ninguém precisava saber disso.

Quando Lucie veio me buscar no domingo, voltou a se desfazer em gentilezas com vovó, e, assim que a porta se fechou, seguimos a um passo firme até a viela mais próxima, onde Gabriel nos esperava. Ele só tinha um terno, o preto que usava no trabalho, mas havia arranjado um chapéu de palha e uma gravata-borboleta verde para a ocasião.

— Ah, Gabriel — disse Lucie, antes que eu pudesse cumprimentá--lo —, tire essa coisa feia agora mesmo. Como pode colocar uma coisa dessas na cabeça? Fica péssimo em você!

Gabriel corou e jogou o chapéu infeliz na rua, recusando-se terminantemente a pegá-lo de volta.

— E na gravata, errei também? — perguntou humildemente.

Lucie inclinou a cabeça e examinou a gravata com os olhos semicerrados.

— Verde demais — sentenciou —, mas não precisa jogar fora, senão nunca mais me atrevo a dizer nada a você.

Então riram juntos até ficarem com lágrimas nos olhos.

Lucie disse que havia trazido chocolate. Entendi a indireta e admirei a delicadeza. Ela sabia que Rosalba sempre me empanturrava como a um pernil de Natal antes de eu sair para que não me sobrasse lugar para consumir o que fosse em nome da honra da família. Assim que recusei as barras de chocolate, Lucie pôde oferecê-las a Gabriel sem lhe ferir o orgulho. Ele as devorou. Segundo o que nos disse, sempre tinha fome.

— É porque você ainda está em fase de crescimento — brincou Lucie, mas Gabriel rebateu dizendo que um homem de vinte e três anos não crescia mais.

— Vamos primeiro até a catedral — sugeriu. — Você já esteve lá, Gittel?

Eu nunca havia entrado em lugar algum.

Gabriel afirmou que Nossa Senhora da Antuérpia era a mais bela madona do mundo. Lucie perguntou como ele podia saber disso se nunca tinha visitado outros países. Ele respondeu que viu fotografias de muitas outras madonas e que o rosto delas era afetado e tedioso se comparado com o semblante austero e misterioso da "nossa".

— Ela não é "nossa" — disse Lucie. — Não somos católicos.

Mas, segundo Gabriel, ela era de todos os nascidos na Antuérpia. Teriam seguido discutindo se ele não tivesse emendado que foi por um triste acaso que nascera antuerpiano. A caminho do Canadá, sua família havia se alojado num abrigo de emigrantes junto ao porto, e, quando o pai saíra para comprar comida, fora atropelado por uma carreta de cervejeiro.

— Ele morreu na hora, e, por conta do susto, nasci com dois meses de antecedência. Depois disso, minha mãe desistiu de ir para o Canadá, mas até hoje não entendi como ela conseguiu ficar aqui — suspirou. — Minha mãe é uma mulher muito valente. Criou a mim e aos meus irmãos sozinha e ainda se mata de trabalhar para nos ajudar. Não há quem a faça parar, ainda que não seja mais necessário, porque minhas irmãs se casaram e tenho um bom emprego.

— Mais ou menos — disse Lucie. — Sempre achei que meu pai paga muito pouco, e não só para você. Para a Salvinia e o Menie também. Com esse salário irrisório os coitados estão condenados a serem noivos para sempre. Algum dia ainda vou dizer isso a ele.

Gabriel lhe implorou que não interferisse:

— Ele nos ensina a pensar e agir por nós mesmos. Quem trabalha dois anos sob seu comando aprende mais do ofício do que em doze anos num dos grandes bancos.

Lucie deu de ombros.

O dia de primavera tinha um clima ameno, e, nas ruas tranquilas de domingo, nossas sombras nos guiavam marchando avidamente sobre os paralelepípedos irregulares. Andávamos a certa distância da calçada para que Gabriel nos mostrasse da melhor perspectiva os edifícios que considerava mais importantes, e eu me via presa ao lado de Lucie. Ela tinha enorme orgulho dos pés pequenos e delicados, e sempre usava sapatos elegantes de salto que deixassem à vista os finos tornozelos e o peito dos pés alto. Não eram os calçados mais convenientes para enfrentar os terríveis paralelepípedos. Sem dúvida estava sofrendo, mas seguia caminhando sem reclamar.

Não se via a torre da catedral, que estava envolvida por uma teia de andaimes.

Gabriel nos levou primeiro ao poço cinza de Matsys, ao lado da igreja, cujo adorno de ferraria, segundo ele, também estava entre os mais belos do mundo.

— O amor transformou o ferreiro em artista — disse Lucie, decifrando as letras cinzeladas na pedra do poço. — E no que o amor vai transformar você, Gabriel?

— Num lunático — disse ele. — Na verdade, me transformou faz muito tempo — e seus olhos azuis dirigiram a Lucie um olhar tão duro e bravo que até me assustei.

Quem era aquele pirralho para se atrever a lançar um olhar fulminante para Lucie? Ela era tão gentil que se limitou a sorrir.

— O que eu sei é que você diz um monte de bobagens — disse ela.

Gabriel baixou os olhos. A luz do sol reluzia em seus cabelos ruivos, e seus cílios escuros eram tão exageradamente compridos que, como um leque, projetavam sombras sobre as bochechas macilentas.

— O que se espera de um guia turístico é que conte bobagens. Ossos do ofício — rebateu, seco. — Mas vou me esforçar para que a senhorita não tenha mais queixas.

Após entrarmos na igreja, Gabriel nos mostrou uma longa e estreita faixa de cobre incrustada na diagonal entre as lajes.

— Isto aqui se chama meridiano. Ao meio-dia em ponto o sol irradia através daquele buraco — disse, apontando uma abertura na janela e me deixando impressionada com tanto conhecimento.

Gabriel disse que tivemos muita sorte: era raro que as cortinas estivessem abertas diante do tríptico *Descida da cruz*, pintado por Rubens.

— E com certeza vai nos dizer agora que é o tríptico mais belo do mundo — sussurrou Lucie, em tom brincalhão.

— Não sou só eu quem o diz — rebateu Gabriel, irritado —, é fato notório para quem tem um mínimo de conhecimento de pintura.

Disse então que as cores cintilavam como joias preciosas, e me senti culpada por não conseguir apreciar a obra em sua magnitude.

A catedral estava vazia, exceto por alguns visitantes e as típicas mulheres aflitas e enlutadas que passam o dia rezando em qualquer igreja. Nossa Senhora da Antuérpia vestia um traje de brocado azul bordado com pérolas e segurava um Menino Jesus com uma coroa prateada pouco menor do que ele.

— O que nunca se esquece de tanto esplendor — sussurrou Gabriel — é o rosto pálido e misterioso da Nossa Senhora.

Lucie achou o rosto muito severo. E Gabriel, que parecia conhecer a fundo a imagem, observou:

— Pois é, ela é severa mesmo. Não se dá por satisfeita com orações da boca para fora: as palavras devem vir do coração.

Então Lucie sussurrou que ele era um rapaz muito esquisito. Fiquei feliz quando saímos para a rua ensolarada. O cheiro de incenso e o silêncio sagrado sob as abóbadas altas me deixaram estranhamente angustiada e entristecida.

— Uma das coisas maravilhosas desta cidade é ter desde sempre compreendido tanto os trabalhadores como os sonhadores — disse Gabriel. — Seja qual for a natureza de cada um, nesta cidade sempre se prosperou, tanto os que vivem com os pés fincados no chão como os que vivem com a cabeça nas nuvens.

E contou que o autor do tríptico tinha sido confidente dos reis e como, já em idade avançada, conseguiu se casar com a mais bela jovem da Antuérpia.

— A jovem se vingou traindo-o com qualquer um que cruzasse seu caminho — ironizou Lucie, e começaram a discutir por vários minutos.

Minha alegria com o passeio estava sendo um pouco diminuída pela sucessão de bate-bocas gratuitos. A atitude de Lucie ainda se justificava, porque ela devia estar com os pés doendo, mas a maneira com que Gabriel implicava com ela me parecia uma grosseria despropositada. Se o sr. Mardell o ouvisse, ele o teria gentilmente colocado em seu devido lugar.

Lucie demonstrava ter muita paciência com aquele garoto atrevido. Para piorar, ela perguntou se ele se encontraria na categoria dos trabalhadores ou dos sonhadores da cidade.

— Não tenho escolha a não ser trabalhar — disse Gabriel. — Não tenho nenhuma objeção e me alegro de estar no setor financeiro, porque ele contribuiu de forma significativa para a grandeza da cidade. Se pudesse escolher, preferia estar no ramo portuário, mas nunca me foi dada essa oportunidade.

Ele nos levou até o rio Escalda, que corria lentamente refletindo o luminoso céu primaveril com centelhas de madrepérola. Eu estava habituada ao mar, e a largura do rio era decepcionante, mas permaneci calada, porque Gabriel estava justamente contando sobre os grandes navios carregados de especiarias aromáticas, marfim, ouro e espécies de madeira preciosas que vinham de terras distantes.

— Realmente sempre me perguntei — disse Lucie — como tínhamos tantas casas com ouro e marfim.

Gabriel a olhou furioso e disse que era muito fácil ironizar tudo. Falou dos cidadãos que, mesmo indo trabalhar no exterior, não conseguiam se esquecer da sua cidade e, na velhice, retornavam trazendo consigo os mais belos e importantes tesouros acumulados em suas viagens, decididos a contribuir para o esplendor de sua amada Antuérpia.

— Assim como aquele velho pintor não se cansava de enfeitar a sua jovem noiva com flores e joias para intensificar sua beleza loira e radiante.

Os cantos da boca de Gabriel tremiam com um riso contido, e eu esperava que Lucie fosse se enfurecer de novo, mas ela perguntou com muita doçura se ele também tinha planos para aumentar a glória da cidade.

— Eu sou um estrangeiro pobre e judeu, e amo esta cidade como somente se pode amar algo quando se é pobre, judeu e estrangeiro. É impossível que a senhorita entenda isso. Para as pessoas que moram em mansões com belos jardins, as construções e os parques de uma cidade não são tão importantes como para um rapaz pobre como eu. Da mesma forma, o amor de um forasteiro ciente de que chegará a hora em que terá que partir é sempre mais intenso do que o de quem pode passar o resto da vida junto ao objeto do seu amor. Já a gratidão de um judeu a um lugar onde não tenha sido submetido a perseguições é algo que imagino que até a senhorita entenda.

— Nesse ponto eu discordo — rebateu Lucie. — Frequentei uma escola com meninas cujos antepassados fizeram grandes coisas por esta cidade, e seu amor era ainda mais intenso que o seu.

— Pode ser que tenha razão — disse Gabriel —, mas nem por isso deixo de ser um forasteiro pobre e judeu que nunca vai poder fazer alguma coisa pela cidade. Ao que tudo indica, ideais inatingíveis são a minha sina.

— Para você nada precisa ser inatingível — retrucou uma Lucie verdadeiramente angelical. — Você só teria que ser um pouco mais corajoso e ganhar mais autoconfiança.

Eu já achava que autoconfiança lhe sobrava. Fiquei aliviada quando ele disse que tinha de voltar para casa.

— Prometi a minha mãe branquear o armário da cozinha e aplicar uma camada de linóleo no piso de madeira. Terei mais tempo no próximo domingo. Até logo, srta. Mardell, até logo, Gittel!

Ele se despediu com um aperto de mão e saiu disparado como se o diabo estivesse em seu encalço.

— Ele deve ter muito medo da mãe para sair correndo como um doido — falei.

Lucie permaneceu calada até chegarmos à casa de vovó. Uma vez lá, Lucie perguntou se eu tinha gostado do passeio e se queria repetir a experiência na semana seguinte.

— Você falou tão pouco — disse Lucie — que achei que estava entediada.

— Não, muito pelo contrário, o que mais queria era ir de novo.

Acenei para ela até que a porta alta se fechasse.

Quando voltávamos, não parei de pensar no que diria em casa sobre o nosso passeio. Estavam jogando uíste. Perguntaram despreocupadamente como tinha sido, e eu disse que tinha passeado com a srta. Mardell ao longo do Escalda. Em uma manobra diplomática, omiti a visita à catedral. Rosalba, que estava remendando meias, foi a única que prestou atenção ao que eu dizia. Sussurrou para mim que se notava em meu rosto que eu tinha passado uma tarde maravilhosa e que me ajudaria a conseguir permissão para o próximo passeio.

De fato sua ajuda se mostrou imprescindível no domingo seguinte, porque garoava e vovó previu que Lucie e eu teríamos uma pneumonia se saíssemos naquelas condições climáticas.

Lucie prometeu que nenhuma gota me atingiria.

— Iremos de bonde até o museu e depois levarei Gittel para tomar chá.

Rosalba cumpriu sua palavra: correu em nosso auxílio anunciando que a chuva havia parado. Depois de cinco minutos da habitual afabilidade de Lucie com minha avó, enfim pudemos sair.

— É sempre essa chateação quando você quer sair? — perguntou.
— Como você aguenta?

Pois é, nem eu sabia; nunca tinha parado para pensar.

Pelo visto, Gabriel já nos esperava havia um bom tempo na esquina da rua, porque, quando chegamos, tinha os cabelos encharcados. Feitos os cumprimentos, Lucie disse que tinha refletido sobre a última observação dele da semana anterior. Para minha alegria, disse que a achava uma grande besteira.

— Meu bisavô também era um forasteiro, e você sabe até onde chegou.

— Os tempos eram outros — disse Gabriel —, e ele já era rico quando veio para cá. Além disso, era muito mais talentoso para os negócios do que eu.

— Meu pai diz que você tem muito jeito com as finanças.

— Verdade? — perguntou Gabriel, ruborizado de orgulho.

— Quem sabe um dia não me torno um banqueiro renomado. Recentemente apareceu no escritório um senhor da Inglaterra que me convidou para ir trabalhar com ele. Quem sabe não faço isso mesmo? As perspectivas são boas. Se eu fizer fortuna, volto, mando construir uma mansão repleta de obras de arte, e, depois que eu morrer, deixo por testamento à cidade.

Ele disse que eu também deveria fazer algo para minha cidade natal, e prometi, em um rompante de generosidade, fazer um concerto beneficente anual na condição de pianista mais famosa da Europa. Em seguida perguntamos a Lucie quais eram os planos dela.

— O lugar mais apropriado para mim sempre foi na plateia — disse. — Irei admirar o palácio do Gabriel, se ainda se lembrar de mim, e me sentarei na primeira fila da sala de concertos para aplaudir Gittel.

Acabou que o museu estava fechado e fomos de bonde até o Escalda, que corria desolado e cinzento sob a chuva.

— Em um dia como hoje nem você deve estar achando graça na sua cidade querida — riu Lucie, mas Gabriel rebateu dizendo que um pouco de chuva não fazia a cidade cair em seu conceito, e, isso, sim, seria uma nítida demonstração de infidelidade, como se alguém deixasse de repente de gostar de uma pessoa por ela ter tido o azar de pegar um resfriado.

Diante da impossibilidade de fazer turismo, Lucie nos convidou para comer waffles num café à beira do cais. Éramos os únicos fregueses, e a chuva torrencial jorrava nas janelas altas, o que transformava o local intensamente iluminado com paredes cheias de espelhos num ambiente aconchegante. Um garçom idoso e sonolento, com um avental verde, nos trouxe uma pilha de waffles em uma bandeja de cobre: quentes, crocantes e deliciosos, com uma camada espessa de açúcar de confeiteiro.

— Se entreabrir os olhos, parece uma calçada amarela coberta de neve derretida — comentei com Gabriel antes de cuspir, horrorizada, o pedaço de waffle que tinha na boca.

Gabriel perguntou se eu tinha encontrado um fio de cabelo ou uma pedrinha, mas foi muito pior. Por trás do inocente gosto de baunilha do açúcar de confeiteiro, eu havia provado o gosto do pecado. Lucie franziu as sobrancelhas quase invisíveis e disse em tom de reprovação que eu já estava grande demais para implicar com comida, mas não pude evitar quando, de repente, me dei conta de que os waffles certamente não seriam *kosher*, e que era provável que tivessem sido preparados com gordura suína.

Gabriel demonstrou compreensão e me consolou, dizendo que Nosso Senhor não me levaria a mal por cometer um pecado sem querer, mas Lucie riu com ironia, e provocou:

— Você já está no quarto e aposto que gostou, não é?

— São deliciosos — tive de reconhecer.

— Nesse caso, você bem que poderia comer o que falta, para terminar — disse. — Se cometeu um pecado quatro vezes, que diferença faria uma quinta, ou você não se atreve?

Dividi o último waffle com Gabriel. Pecar premeditadamente é ainda mais sério.

Lucie estava exultante, e nos provocava, dizendo coisas absurdas, como:

— Por que não vamos a Lier na semana que vem para visitar o beatério? Assim aproveito e peço um quarto, porque já é chegada a hora de virar uma beguina.

Lucie me explicou que no beatério só viviam mulheres solteiras de idade avançada. Nesse instante, Gabriel se levantou de repente e disse que tinha prometido à mãe pintar a escada. Perguntei se não gostaria de nos acompanhar a Lier.

— Ah, por que não? Mas não aguento mais essas conversas bobas.

Ele voltou a se sentar, os olhos cravados no prato cheio de migalhas. Lucie pediu ao garçom que chamasse um táxi, cumprindo a promessa de me proteger da chuva.

Depois de me deixar na casa da minha avó, ela seguiu com Gabriel, que havia se agachado no chão do táxi para que ninguém o visse. Ela também o levaria, porque tinha saído de casa sem casaco.

Desde que conheci Lucie, não voltei à ilha e não soube mais nada de Klembem, o Homem-Aranha. Na manhã seguinte àquele domingo, voltei a ouvir sua desagradável e estridente voz. Klembem morava no topo de uma montanha perto do polo Norte, em uma teia de aranha cujos fios eram grossos como cordas. Ele tinha o corpo e as patas de uma aranha, mas infinitamente maiores. As patas terminavam em mãos humanas, e a cabeça, também humana, tinha olhos injetados. Senti seu hálito glacial e peçonhento na nuca quando vi o sr. Mardell repreendendo Lucie por Gabriel estar doente. Disse que ela deveria ter imaginado que pobre o rapaz, de pulmões fracos, não podia ficar andando na chuva horas a fio. Quando tentei ajudá-la, dizendo que tínhamos ido só comer waffles num café aconchegante e aquecido de onde Lucie fez questão de levar Gabriel para casa de táxi, ele só ficou ainda mais irritado. E foi quando Klembem soltou seus terríveis risinhos maliciosos. *Agora vai sobrar para você*, disse o Klembem, *que já estava até achando divertido.*

— Não se preocupe, papai — disse Lucie. — Amanhã o Gabriel já está aqui de novo.

Como dois dias depois Gabriel ainda estava doente, Lucie veio me perguntar se eu não achava uma boa ideia ir visitá-lo para saber como ele estava e levar algum doce.

— Desta vez é melhor nem ir pedir permissão lá em casa — observei —, porque ficariam com medo de que eu também pegasse.

— Podemos ir agora de manhã — disse Lucie. — O que estiver feito, feito estará.

— Nesse caso não tenho por que dizer nada em casa…

— Isso quem sabe é você — disse Lucie. — Do que você acha que ele gostaria?

Lucie foi até a cozinha e voltou com uma sacola cheia de latas de sardinha, salmão e compotas. Meu dinheiro só dava para comprar alguns limões, que, segundo vovó, eram comprovadamente o melhor remédio contra o resfriado. Lucie disse que não tinha pensado nos limões, mas que achava a ideia ótima. Ao descermos as escadas demos de cara com o sr. Mardell, que acompanhava um cliente à porta.

— Por insistência da Gittel, vamos fazer uma obra de caridade — disse Lucie, beliscando com tanta vontade o meu braço esquerdo que tive que me esforçar para conter um grito. — Vamos visitar o Gabriel carregadas de limões, mais uma ideia da Gittel.

— Cumprimentem o rapaz em meu nome e lhe desejem uma rápida recuperação — disse o sr. Mardell, e hesitando acrescentou: — Por que não lhe dar uma pequena alegria. Diga-lhe que quando melhorar lhe darei uma boa notícia.

— Do que se trata, papai? — perguntou Lucie, mas o sr. Mardell afirmou que as mulheres não sabiam guardar segredos.

— Direi a ele pessoalmente.

Sob a supervisão de Lucie, comprei minha contribuição pessoal para o restabelecimento de Gabriel. Mais uma vez pegamos um táxi, porque eu tinha que voltar para casa no horário de sempre se quisesse manter o passeio em segredo.

Paramos em uma rua miserável diante de uma mercearia onde se vendiam limões a um preço muito mais em conta do que eu pagaria na loja cara onde Lucie fazia as suas compras, além de os limões serem muito maiores e mais bonitos.

— Ele mora aqui em cima com a mãe, no primeiro andar — disse Lucie.

Ela puxou uma cordinha que pendia de um sino pintado de preto. Esperamos um bom tempo. De repente uma janela acima de nós se abriu e uma voz feminina estridente perguntou quem nós éramos e o que queríamos. Como em um passe de mágica, Lucie pareceu ter perdido a fala, e coube a mim responder. A dona invisível da voz disse que já tinha entendido e que abriria a porta. Entramos na casa e subimos uma escadaria íngreme e descascada. Os degraus eram cobertos de jornais, como se fossem tapetes.

— O Gabriel não ia pintar a escada? — sussurrou Lucie. — Ele não progrediu muito.

Os três degraus de cima estavam impecavelmente laqueados com um cinza-claro.

Klembem quase rolou de sua teia de aranha de tanto rir, porque logo acima da escada estava postada a vovó Hofer. Com o susto deixei cair o saco de papel com os limões. O papel se rasgou, e tive que me lançar atrás dos limões, que, só para me irritar, foram saltando escada abaixo como três travessos gnomos amarelos. Quando voltei a subir, sem fôlego, encontrei Lucie gaguejando. A vovó Hofer a escutou por um tempo, até que finalmente disse:

— Eu *não* sou a mãe do Gabriel. Ela está arrumando o quarto. Não esperava uma visita tão nobre a esta hora do dia.

Amontoadas naquele corredor escuro e estreito, onde a pobreza era palpável pelo cheiro de repolho e de roupa por lavar, ficamos ouvindo a movimentação atrás de uma das duas portas.

— Ela já deve ter terminado — disse vovó Hofer, e gritou: — Estamos entrando!

Abriu a porta mais próxima da fachada e nos convidou a entrar na sala, longa e estreita.

Com o rosto corado e os olhos cintilantes, Gabriel estava deitado em um catre junto à janela sob uma montanha de cobertores. Uma mulher pálida e magra de cabelos grisalhos estava ao seu lado, segurando um esfregão nas mãos ossudas. Estava tão envergonhada quanto nós. Pediu para que nos acomodássemos e, murmurando algo sobre pôr para ferver a água para o chá, saiu pela porta na mesma hora.

— Como vai, Gabriel? — perguntou Lucie, rouca. — Meu pai pediu que lhe transmitisse seus votos mais cordiais e que dissesse que tem uma boa notícia a lhe dar quando você estiver melhor.

— Aumento de salário — comentou a vovó Hofer. — Sinceramente, já deveria ter dado há muito tempo.

No meio do aposento havia uma mesa retangular bem grande, com seis cadeiras ao redor. Junto à porta da casa via-se um bufê alto e antiquado com quadrados de vidro vermelho-escuros e verdes alternados. Do lado oposto, um aquecedor ardia em um vermelho vivo.

Sobre a toalha branca rendada da mesa, havia um frango assado e um grande pote de geleia.

Lucie abriu a bolsa.

— Olha o que lhe trouxemos, Gabriel — disse. — E Gittel comprou limões para você do próprio bolso.

Gabriel, mais parecido do que nunca com o homônimo anjo, nos agradeceu sussurrando.

— Boca fechada — disse vovó Hofer. — O resfriado atingiu suas cordas vocais e falar está terminantemente proibido. Além disso, acabei de lhe encher de infusão de tília. — Virou-se para Lucie: — Como a senhorita deve saber, o único remédio para o resfriado é suar e mijar e suar e mijar!

Lucie empalideceu: não estava acostumada ao jeito de vovó Hofer como Gabriel e eu. Na verdade ele nem parecia levá-la a sério, porque murmurou:

— Não fique bancando a mandona, tia Lea, senão eu não como nem um pedacinho desse frango divino!

Vovó Hofer riu e o puxou pelos cabelos, e tive de perguntar, senão ia explodir de curiosidade.

— A vovó Hofer é sua tia, Gabriel?

Ele fez que não com a cabeça.

— Não, não de verdade. Ela é minha melhor amiga e da minha mãe, a única que temos...

— Você, fique quieto! — vociferou a vovó Hofer. — Eu mesma posso responder a essas perguntas. Mas, e você, Gittel? Algo mais que você queira saber? É só me perguntar, mas antes de tudo quero dizer que aposto que a sua avó não sabe que você veio até aqui. Eu a conheço. Ela jamais lhe daria permissão para vir. Aliás, naquela casa tem um bando de doidos. Se pudessem, colocariam você numa redoma de vidro. Ah!

Ela sabia que eu não tinha como contradizê-la.

Ficamos calados até a mãe de Gabriel voltar, e, nesse meio-tempo, pensei em como a vovó Hofer parecia diferente. Não estava com o estranho chapéu preto com adorno lateral que usava quando ia ver a minha avó. Vovó dizia que devia haver um escravo em alguma caverna sabe-se lá onde que passava o dia confeccionando chapéus para a vovó

Hofer e que, se esse escravo viesse a morrer, aquele trabalho entraria para o catálogo das artes extintas. Percebi também que não sabia a idade da vovó Hofer. Para mim ela era atemporal, como minha avó e Rosalba.

A mãe de Gabriel trouxe uma bandeja de estanho com um bule e xícaras. Ela a acomodou sobre a mesa e serviu a cada um de nós uma xícara de chá. A vovó Hofer sugeriu que "atacássemos" o pote de geleia. Sem esperar pela resposta, tirou logo uns pratos do bufê e serviu a todos uma colherada generosa da geleia, surpreendentemente saborosa. Gabriel tinha de ficar enrolado nos cobertores, e vovó Hofer lhe dava de comer como se fosse uma criança. Ele não tinha medo algum dela e até se atreveu a dar uma mordida em sua mão de brincadeira.

— Seu bruto ingrato — disse, rindo —, fique quieto ou vai apanhar!

— Não seria a primeira vez — disse Gabriel, com a voz rouca.

— Não! Nós nos conhecemos há muito tempo. E logo vamos ter de pensar em fazer você se casar. Tenho em mente uma moça encantadora para você. Tem quase dezoito anos e um bom dote. Sou a favor de que as pessoas se casem jovens e com alguém do seu próprio nível social. Não quero que fique estagnado como meus filhos, tão teimosos, não quiseram me ouvir.

De repente a mãe de Gabriel começou a falar. Num tom melancólico, contou-nos do seu enorme desespero no hospital, com Gabriel recém-nascido nos braços e em um país estrangeiro cuja língua não conhecia. Foi quando acontecera o milagre. Lembrara-se de repente de uma colega de escola que deveria morar naquela cidade. Por sorte, uma das freiras da maternidade era polonesa como ela. Com muita dificuldade, a freira acabou encontrando o endereço da colega e levou um bilhete. Menos de uma hora depois, vovó Hofer apareceu no hospital com roupas e comida e tudo o que se possa imaginar. Vovó Hofer tomou então a palavra:

— E esse pirralho, por incrível que pareça, foi o bebê mais bonito que eu vi na minha vida. As freiras diziam: "Parece o menino Jesus". *Lehavdil*. Desde então considero Gabriel como meu terceiro filho.

Lehavdil é uma palavra que se murmura quando alguém sem querer compara uma pessoa saudável a uma doente, ou um morto a um vivo. Fora de contexto, não passa de uma inocente palavra hebraica, que significa apenas "para diferenciar", mas acredita-se que, se rapidamente falada após um deslize desses, ela apazigua os maus espíritos. Pela expressão assustada de Lucie, percebi que ela não havia entendido nada. Eu explicaria quando saíssemos dali.

— Está na hora de ir, Gittel — anunciou Lucie. — Adeus, Gabriel, fique bem!

A vovó Hofer só nos deixou acenar de longe para ele. Sua mãe nos estendeu a mão, triste, e disse que, por mais difícil que fosse a sua vida, se surpreendia e agradecia aos céus que ainda houvesse tantas pessoas boas no mundo, mas ela tinha uma voz que transformava todas as palavras cordiais em queixa ou recriminação.

A vovó Hofer nos acompanhou até a escada e, antes de descermos, me segurou pelo queixo e me forçou a olhar em seus olhos.

— Se você ficar calada, eu faço o mesmo — disse.

Foi um grande alívio. Mesmo assim, Lucie chorou no táxi, e não entendi por que, então não pude consolá-la.

Gabriel reapareceu no escritório no final da semana e, educado como sempre, veio agradecer a mim e a Lucie pela visita. Estava contente por estar melhor e poder ir conosco a Lier no domingo.

5

Nossas estadias na Antuérpia tinham um padrão fixo. Quando minha mãe me levava para visitar a baronesa, eu sabia que a viagem chegava ao fim. Mesmo se acontecesse de cairmos nas graças de vovó logo após a nossa chegada, em geral durava pouco, porque mamãe não conseguia deixar de discutir violentamente com o tio Fredie, o filho caçula de vovó, e seu favorito. Os constantes ataques ao seu maior tesouro a irritavam e ela sabia dar a entender, sem palavras, que já não suportava nossa presença. Quando isso acontecia não nos restava escolha além de passar o dia fora e voltar só para dormir. Era o momento de visitar as tias, que também acabavam se fartando de nós.

Quando chegávamos a esse ponto, apelávamos ao último recurso: a baronesa Bommens.

Por conta da amizade com Lucie, dessa vez eu não estava dando importância ao inevitável curso dos acontecimentos. Ela me levou, como sempre, até a porta da casa de minha avó e disse que o melhor seria eu já ir pedindo que me deixassem ir a Lier no domingo, mas, logo que cheguei em casa, soube que podia me poupar o esforço. O grande drama do último ato já havia sido desencadeado.

No alto da escada estavam vovó, tio Fredie e mamãe, que, em sua habitual dramaticidade, proclamava:

— Não fico nem mais um único dia nesta casa, está me ouvindo? Amanhã voltamos para casa. Vamos, Gittel, vamos ver a baronesa. Lá pelo menos somos tratadas amorosamente e não como a escória da sociedade.

— Bela baronesa, essa — ironizou Fredie. — E o barãozinho: barão Sabão!

Ele pronunciou a última palavra de forma sarcástica. Eu não sabia que era um apelido pejorativo que aludia aos oportunistas sem escrúpulos que enriqueceram vendendo sabão durante a guerra. A única coisa que me preocupava era: acabaram-se as horas tranquilas na casa da Lucie e os agradáveis passeios com ela e Gabriel.

Mamãe desceu as escadas como uma rainha ofendida e vestiu o chapéu com uma lentidão irritante. Então Rosalba apareceu.

— Não seja tão insensata — disse —, vocês ainda nem comeram nada.

— O quê? — continuou mamãe, patética. — Eu me alegraria se fôssemos encontradas mortas de fome na rua. Aí sim vocês morreriam de vergonha.

Não vi nenhuma graça naquilo, e vovó percebeu.

— Quem deveria morrer de vergonha é você — disse. — Como pode assustar a menina assim? Venha, suba, vamos comer.

Desafiadora e altiva, entrou na sala de jantar, seguida por Fredie. Mamãe pendurou o chapéu outra vez no mancebo e, para meu espanto, explodiu em gargalhadas.

Apontou para o espelho: contemplei a mim mesma, gorda como um urso. Teriam de se passar muitos meses até que eu, emaciada, pudesse ser recolhida na rua.

À mesa ninguém disse nada, exceto Rosalba e eu. Vovó olhava fixamente para o vazio, e mamãe e tio Fredie disputavam quem torcia mais o nariz.

Quando fomos para a casa da baronesa, pude me livrar da minha roupa de tema náutico. De onde vinha essa predileção de mamãe pela náutica era um mistério, mas até o meu décimo quinto ano de vida ela não me deixava circular com roupas que não fossem de marinheiro. No verão, de algodão branco, e, no inverno, com um tecido de lã azul-escuro que pinicava. De resto tinha ainda um traje de festa de tafetá azul, que só podia vestir em ocasiões muito excepcionais. A baronesa teria levado mamãe seriamente a mal se não aparecêssemos impecáveis. Tanto ela quanto a filha, a madame Odette, se vestiam com seda, veludo e rendas. Cintilavam de tantas joias e tinham uma fraqueza por casacos de pele e plumas de avestruz.

Seus netos circulavam invariavelmente em ternos de veludo com golas rendadas e faixas de seda cingindo suas bizarras cinturas. Os bobões tinham os cabelos cor de rato com franjas cobrindo a testa e mechas encaracoladas até os ombros. Entre esses ornamentos, astutos olhos azul-claros observavam o mundo. Eram da minha idade e corriam gritando alto assim que me viam. Infelizmente só reapareciam quando se serviam os doces.

Aliás, a visita à baronesa era um grande evento. A longa caminhada até lá já era muito agradável, porque o palacete em que viviam já se destacava de longe das outras casas da alameda, com cortinas em tom pastel adornando as janelas.

A baronesa gostava de citar o salão azul, o salão de visitas vermelho e assim por diante. Tinha decorado cada aposento com uma cor diferente, inclusive as cortinas.

— Gosto é gosto — dizia —, e estou satisfeita com o meu.

Eu achava que tinha toda a razão. A meus olhos, nenhuma das casas que eu conhecia poderia competir com a dela em beleza e refinamento, opulência e decoração. A madame Odette, vestida de um azul *moiré*, flanqueada por seus dois pequenos Fauntleroy, já nos esperava. Ao nos verem chegar, as duas criaturas entraram na casa bradando e urrando.

— Peço desculpas — disse a mãe, resignada, antes de continuar em quatro suspiros:. — É tão complicado... para uma mulher sozinha... educar bem... dois pestinhas como esses...

— Como vai a sua mãe? — perguntou mamãe.

— Como sempre. Excepcionalmente bem para sua idade. Uma *Femme du monde*. Até o último suspiro. — O mordomo veio apanhar nossos casacos. A madame Odette continuou: — Hoje a mamãe as receberá no *boudoir*, já que da última vez Gittel demonstrou sua admiração por ele. E o Arnold me pediu que não as deixasse sair sem que ele as cumprimente.

Arnold era seu irmão mais velho, e foi pela intervenção dele que tivemos a oportunidade de frequentar as altas-rodas. Ele tinha sido estagiário na firma em que papai começou a sua malsucedida carreira no comércio. Arnold Bommens tinha ido mais longe, com um desses pubs muito bem administrados dos quais dizem acertadamente ser uma mina de ouro. Naqueles círculos tão austeros, o tema costumava ser evitado, ainda que de vez em quando Arnold ouvisse, em tom recriminatório, algo como *noblesse oblige*. Bommens era um homem divertido e jovial que, para mim, possuía uma auréola histórica: nunca tinha visto antes um rosto tão marcado pela varíola, e não conseguia desviar os olhos.

Ele sentia um sincero apreço por papai, e sempre me fazia bem o tom carinhoso de sua voz quando perguntava por ele ou falava sobre "antigamente".

O que tinha me deixado um pouco confusa nas primeiras visitas é que todos os moradores da casa se chamavam Bommens: não apenas a própria baronesa, o senhor Arnold e madame Odette, mas também Lucien e Robert, seus filhos. Às vezes também estava hospedada uma neta, Hubertineke Bommens, filha de outra filha da baronesa que morava em Gante. Aquela dinastia era de linhagem feminina.

A madame Odette era uma mulher ruiva e grandona de contornos exuberantes. Eu a achava meio tosca, mas Rubens teria gostado de pintá-la. Nós a seguimos por um longo corredor ladrilhado com mármore branco e preto. Depois subimos alguns degraus e entramos no *boudoir* azul. Esse aposento ganhou a minha admiração principalmente por um enorme quadro que o decorava. Cumprimentei a baronesa e, apesar do que havia me ensinado o sr. Mardell, fui direto me postar diante do quadro.

— A menina não se cansa de contemplar o caçador — disse a baronesa em sua voz peculiar. — Cuidado, menina, cuidado.

O quadro representava uma clareira num bosque. Do lado esquerdo da paisagem, uma menina sem muita roupa dormia numa posição desconfortável, mas graciosa. Inclinado sobre ela, um cavalheiro numa indumentária verde de caçador a contemplava atentamente. Na parte inferior da grossa moldura dourada, lia-se em uma plaquinha de bronze: "Ele a despertará? Oh, não".

Numa visita anterior cometi a imprudência de perguntar "Ué, por que não?", e aquelas gargalhadas sinistras dos adultos, que sempre me provocavam um pouco de medo, fizeram tilintar as xícaras sobre a superfície da mesa de mármore. Havia muito que ver em todos os aposentos da baronesa, mas aquele era especialmente agradável. Tudo ali era azul-celeste e dourado. Havia dois espelhos que se estendiam do teto ao piso, uma penteadeira repleta de frascos de cristal e caixas e um sofá *récamier*. Ao longo de uma corrente de ouro, quatro anjinhos dourados desciam do teto em direção ao chão, cada um segurando uma rosa de vidro com pequenas lâmpadas que irradiavam uma iluminação suave e discreta.

— Quando uma mulher começa a envelhecer, deve evitar luzes intensas — opinou a baronesa, com uma aparência ainda vigorosa àquela meia-luz, apesar dos oitenta anos.

Ela sempre me havia lembrado um cachorrinho pequinês empoado, com os grandes olhos saltados, esbugalhados acima do nariz largo e chato, e também por estar sempre umedecendo o lábio inferior com a língua. Três cachos encaracolados, pretos como piche, lhe caíam na testa sob o lenço rendado branco, drapeado graciosamente em volta da cabeça e dos ombros.

A visita transcorreu segundo o esquema habitual. Assim que nos sentamos, entrou o mordomo com uma bandeja repleta de guloseimas e bombons e madame Odette nos serviu chocolate quente de uma grande garrafa azul. Nesse instante irromperam no aposento os dois meninos da minha idade, reclamando ruidosamente a sua porção. Os doces eram sempre os mesmos: altos e alongados, recheados com três camadas de creme de café, adornados com pastilhas prateadas como peças de dominó. Por ser visita, sempre ganhava o com as duplas de seis, para a raiva e o desgosto de Lucien e Robert. Felizmente eles logo desapareciam, levando o espólio para seus respectivos quartos. Então começava a parte realmente prazerosa. O gato branco e gordo, que havia entrado com o mordomo, ronronava no colo acetinado da baronesa, junto ao enorme aquecedor a gás. Eu estava sonolenta, com o olhar fixo nas chamas, quando entre suspiros madame Odette comentou:

— Uma mulher como eu sempre passa pelo inferno. Aqui na Terra mesmo.

Eu achava que ela não tinha do que reclamar naquela saleta linda, com todas aquelas delícias, e tão maravilhosamente vestida; além disso, ela não teria problemas com a excentricidade de Lucien e Robert, que eram seus próprios filhos.

— Sabe alguma coisa sobre ele? — perguntou mamãe.

— Não — soou a resposta. — Foi embora após o nascimento do Robert e desde então jamais deu notícias.

Fosse ele quem fosse, no meu foro íntimo eu não podia deixar de lhe dar razão.

— Cada vez que penso no papai... — suspirou a madame Odette.

— Eu sempre digo à Odette que não há no mundo inteiro quem se compare ao barão. Um homem tão bom e tão nobre!

A baronesa se pôs a soluçar, indignada, e fez descer do colo o gato, que se deitou diante do aquecedor.

— Eu era mimada com tudo do bom e do melhor — continuou a baronesa. — Todos os dias, rosas ao café da manhã. Todos os meses, no dia do nosso primeiro encontro, uma joia maravilhosa. Ele teria me trazido a lua numa bandeja de ouro, se eu tivesse pedido. Nunca lhe pedi nada, mas *ele fazia de tudo*!

Eu estava morrendo de vontade de perguntar como o barão teria feito para fazer passar pela porta de entrada uma bandeja grande o suficiente para caber a lua, mas a baronesa já estava se desfazendo em lamúrias.

— Ai! — exclamava. — Ai, ai! *Les nerfs*! Estou tendo uma crise de nervos. Rápido, Odette, me dê meus sais, meus pós, senão eu morro aqui aos seus pés!

Para distraí-la, eu disse em tom compassivo:

— Esse barão tão atencioso que tratava a senhora tão bem era o barão Sabão?

Minhas palavras surtiram efeito: a crise de nervos parou no mesmo instante. Mas a baronesa se ergueu do assento como a deusa da vingança, e a madame Odette ficou roxa.

— Como é que é? Ela ouviu isso da boca de alguém! — disseram as duas ao mesmo tempo, lançando olhares assassinos para mamãe, que corou até a raiz dos cabelos.

— *Za-fauln* — disse ela, com um longo intervalo entre as duas sílabas. — *Zafauln*. A menina está confusa. Temos um amigo, um barão polonês que às vezes nos visita em casa, e agora ela acha que todos os barões se chamam assim.

A baronesa voltou a se sentar, disposta a esquecer o incidente.

— Entendi — disse, fingindo indiferença.

Já madame Odette não se deu por vencida. Num tom de doçura, estendendo-me a bandeja com os bombons, perguntou:

— E quem é esse barão? Como ele é fisicamente?

Fiquei sem saber o que dizer, mas nesse exato instante "nosso" Bommens entrou no aposento como um anjo salvador.

— Ah, uma reunião de senhoras. Muito bem. *Bonjour, Maman.* Olá, Thea, fico feliz em vê-la. Minha querida Odette... mas, vejam só, quem é essa senhorita crescida aí? Não me digam que é a nossa Gittel? Mas que pena: eu lhe trouxe um presente de Páscoa, mas acho que não vai gostar. Já está crescida demais.

Ele pôs sobre a mesa o coelhinho de chocolate com uma cestinha carregada de ovos nas costas.

— Não mesmo, tio Arnold! Adorei!

Coloquei as mãos em volta de seu pescoço e enchi suas bochechas marcadas de beijos. Em outras circunstâncias teria sido intimidada por minha habitual timidez, mas naquela tarde percebi ter dito uma daquelas frases misteriosas que irritavam os adultos e que o súbito aparecimento de tio Arnold me poupou de um grande aborrecimento.

Para a minha desilusão, não esperamos a segunda rodada de guloseimas (creme de menta para as damas, refresco para mim e sanduíches com frios).

— O que é isso? — protestou Arnold. — Venho mais cedo para casa e vocês saem correndo!

Mamãe praticamente me arrastou até a porta e me empurrou para a rua. Arnold ainda acenou para nós por bastante tempo.

— Se esse bom homem pelo menos fizesse o favor de entrar em casa — resmungou mamãe —, porque eu não aguento mais! — Quando ele finalmente fechou a porta, ela se encostou no muro da primeira casa que surgiu e riu até chorar. — Barão Sabão — gemeu.

— Como lhe ocorreu dizer tamanha barbaridade?

— Não é uma barbaridade.

Assim que ela recuperou o fôlego, me contou a história do barão, ainda que em uma versão suavizada e amistosa. O marido da velha baronesa, um ilustre negociante que havia feito fortuna, recebera o título de barão pelos serviços prestados à patria.

— Mas por que se irritaram tanto? Se ele fabricava um sabonete tão bom que lhe rendeu o título de barão, deveriam estar orgulhosas.

Mamãe não pôde conter o riso.

— Ah, você não entende nada.

Isso era verdade. Eu me alegrei que dessa vez ela risse e estivesse de bom humor. Na enorme alameda as lanternas acesas dos postes estavam envoltas numa garoa, e o odor da primavera nos alcançava das árvores. As janelas de algumas casas não estavam com as cortinas baixadas e, através de uma delas, vimos crianças brincando com um gato, em outra uma família feliz à mesa fazendo a refeição. Naquela tarde todos pareciam felizes na cidade de Gabriel... mas no dia seguinte eu teria de ir embora de novo... para longe de Lucie.

Perguntei a minha mãe se eu podia ir por um instante à casa dos Mardell para avisar que não tocaria piano no dia seguinte.

— Então vá logo — disse mamãe, de repente irritada. — Na verdade começo a ficar farta dessa Lucie. Você não fala de outra coisa. Ainda bem que vamos embora. Ela a absorve demais. Diga a ela que leve você para casa daqui a pouco, já é quase noite.

Lucie estava a ponto de entrar em casa. Segurei-a pelo braço. Ela levou um susto.

— Ah, é você! O que houve?

— Só vim dizer para não me esperar mais. Amanhã vamos voltar para a Holanda.

O rosto de Lucie se entristeceu.

— Ah, que pena! Vamos sentir sua falta. E pedi a Gabriel para fazer uma coisa linda para você, mas ainda não está terminada!

— O que está fazendo, Lucie? Me diz, por favor.

— Não posso dizer, é um segredo. Vamos mandar para você. Escreva seu endereço com letra legível.

Ela puxou da bolsa uma caderneta de couro violeta. Triste, ficou esperando enquanto eu escrevia à luz do poste. Para minha alegria, ela disse baixinho, em tom de desespero:

— O que eu faço sem você?

Então me levou para casa em silêncio.

— Promete que logo dará notícias? — pediu.

— Claro. Mande lembranças a todos por mim: ao seu pai e à Bertha, e à Salvinia e ao Menie e ao Gabriel. Queria o endereço dele, porque também quero lhe escrever.

— Mande a carta para cá e farei com que chegue até ele — disse Lucie.

Dessa vez eu estava muito triste para ficar acenando para ela.

Quando entrei na sala de jantar, encontrei tio Fredie morrendo de rir, a cabeça apoiada na mesa, enquanto Charlie se retorcia e vovó, mamãe e Rosalba gargalhavam como se não fossem mais conseguir parar.

— *Za-fauln* — disse, gargalhando, o tio Fredie. — De onde veio essa ideia?

— Não sei — disse mamãe. — Uma repentina inspiração por conta do susto.

Voltei ao corredor para esperar que se acalmassem. Aquela história me entediava muito, tinha outras coisas em que pensar.

No jantar, estavam todos alegres e falantes, mas, ainda que o assunto dos barões tivesse relaxado o ambiente, nossos planos de viagem permaneceram inalterados: no dia seguinte iríamos para o norte.

6

Assim que vi papai na plataforma, soube que nem tão cedo voltaria a ver Lucie. Ele estava todo animado, havia levado flores para mamãe e bombons para mim, e, em casa, tinha trocado o papel de parede de dois quartos. Naquele instante desejei de todo o coração que seus negócios tivessem de maneira inexplicável dado a volta por cima, mas logo depois fiquei sabendo que não pagou a prestação do seu seguro de vida.

No dia preestabelecido, deveríamos ir reconhecer a veracidade da previsão do tio Wally.

Foi uma amarga cerimônia. Tivemos que nos apresentar a sua frente uma a uma, as quatro testemunhas. Ele fazia perguntas e ele mesmo soprava as respostas.

— Quem foi que escreveu um documento do próprio punho?
— O sábio Wally.
— O que dizia o documento?
— Que estaríamos de volta ao nosso endereço antes de se completarem seis semanas.
— E contente!
— E contente!
— Foi assim?
— Foi assim.
— Reconhece oralmente, por escrito, no geral e humildemente que Wally tinha razão?
— Sim, reconheço.
— Reconhece estar agradecida pela sabedoria dele?

Aí eu e minha mãe e tia Eva e Mili nos recusamos a responder à última pergunta.

Tive dificuldades na escola, me custou muito recuperar as aulas perdidas. Passei de ano com notas baixas e tarefas complementares, o que me encheu de vergonha, por mais que meus pais tenham ficado indiferentes. Além disso, tinha chegado uma aluna nova que me perseguia com sua simpatia indesejada, uma criança repugnante cheia de tranças e com olhos opacos, cujos cantos estavam sempre infeccionados. Certa manhã, no recreio, eu estava como sempre descansando encostada na cerca do pátio, na esperança de que me deixassem em paz, quando Polinda veio outra vez falar comigo. Perguntou se eu sabia de onde vinham os bebês, e, quando respondi que não gostava de bebês e que por mim podiam ficar onde estivessem, ela começou a gargalhar. Achou tanta graça de minhas palavras que ficou batendo as mãos nos joelhos empipocados. Atraída pelas risadas, Mili, que não a suportava, se aproximou e perguntou, com um olhar fulminante, por que ela estava rindo como uma louca. Ainda gargalhando, ela contou o motivo, e finalmente continuou:

— Aposto que você também não sabe de onde vêm os bebês.

Para meu espanto, Mili ficou ruborizada. De forma brusca disse que sabia de tudo e que bastava daquela bobagem, então saiu correndo para o outro lado do pátio. Ainda que o tema não me interessasse nem um pouco, não saber de algo que até Mili sabia, mesmo sendo dois anos mais nova que eu, feria o meu orgulho, e pedi a Polinda que me contasse.

Começou perguntando se eu já tinha sangue. Quando respondi que achava ter tanto sangue quanto qualquer outra pessoa, ela voltou a rir, e me explicou o que eu teria, como têm as mulheres.

— E isso não é nada — disse Polinda, quando me viu enojada. — Só começa o verdadeiro perigo. Os homens têm uma coisa extra, e é o que faz as mulheres ganharem bebês. Uma vez casados, eles colocam essa coisa nas mulheres enquanto elas estão dormindo, se bem que pode acontecer também na rua quando há muito movimento. Por isso, quando você está parada vendo fogos de artifício, tem de ficar muito atenta para que nenhum homem fique atrás de você, porque o pior é que você nem percebe nada enquanto ele está fazendo isso e, quando vai ver, você está com um bebê.

Eu disse que não acreditava numa só palavra, que ela fosse enganar outra pessoa e que não queria saber de mais nada dela. Chorando, ela me disse que estava falando a verdade e que eu podia perguntar a qualquer um para que confirmasse. Não fiquei para ouvi-la se lamentar, atravessei o pátio na direção de Mili. Nesse instante, o homem-aranha Klembem desceu por uma teia e murmurou:

— Você parece não acreditar, mas intimamente sabe que é verdade. Pense nas vezes em que os adultos riem de uma maneira muito desagradável de algo que você não entende e riem ainda mais alto quando você pede que lhe expliquem.

Ao ver minha expressão de espanto, Mili entendeu o que tinha acontecido.

— Aquela bruxinha contou a você.

— Contou.

E foi isso. Não voltamos a falar do assunto, mas, a caminho de casa, já não éramos mais as senhoras Nielsen e Antonius. Tínhamos perdido a vontade de ter marido e filhos.

7

Estávamos em casa havia mais de um mês quando chegou o presente de Lucie, uma pasta de couro de bezerro forrada de seda *moiré* cor de tabaco para guardar partituras. No canto esquerdo da aba para fechar estava inscrito o meu nome em letras que pareciam ter sido desenhadas por um pincel mergulhado em prata líquida. Dentro da pasta encontrei uma carta de Lucie que foi mais preciosa para mim do que a própria bolsa.

> *Este é um presente de todos aqui de casa. O couro é meu, o forro é da Bertha, da Salvinia e do Menie, e papai pediu a um amigo, um renomado ourives, para gravar seu nome. Gabriel ficou encarregado de montar o conjunto, e nem sei quantas horas dedicou à tarefa. Esperamos que você goste da pasta e que volte em breve para nos ver. Todos nós sentimos a sua falta pela manhã, e o Gabriel e eu também nas tardes de domingo. Se estivesse aqui, papai lhe mandaria seus cumprimentos, mas ele está de férias na França.*
>
> *Nossas lembranças,*
> *Lucie, Gabriel, Salvinia Natans, Menie Oberberg e Bertha Zuil.*

Enviei uma carta de agradecimento a cada um deles, mas só a Lucie pedi que não demorasse a escrever. Como ocorre a todas as almas apaixonadas, ainda que a partir desse momento ela me escrevesse regularmente sobre os acontecimentos na casa dos Mardell, eu sempre sentia como se suas cartas fossem poucas e curtas. Gabriel ganhava um salário muito maior. Tinha comprado um terno novo e se deu ao luxo de proibir a mãe de cozinhar e costurar para fora; ainda assim, ela o fazia às escondidas. Bertha tinha sido operada de apendicite, mas estava quase recuperada. Menie e Salvinia finalmente fizeram planos de casamento.

"Com um pouco de sorte, em dez anos eles se casam", escreveu Lucie, sublinhando a frase com um risco grosso. Concluía cada carta com as palavras: "Volte logo. Estou com saudades", e todas as vezes que eu lia sentia uma dor na região em que desconfio que fique o coração.

Eu guardava as cartas numa caixinha tão bonita que antes tinha até medo de usar para não estragar. Mili e eu tínhamos ganhado cada uma do seu avô, num de seus raros momentos de generosidade. As caixinhas, de veludo vermelho, eram cobertas de caracóis de madrepérola. Em meio àquele jardim de conchinhas que se estendia por toda a tampa, sobressaía uma duríssima saliência oval.

— Isso é uma almofadinha para alfinetes — explicou o avô Harry.
— Mas só para os alfinetes bem corajosos.

No lado interno da tampa, atrás de uma placa de vidro, via-se a paisagem de um quebra-mar. Na placa de vidro, em letras cor-de-rosa com espirais, lia-se: *Salutations affectueses de Scheveningue*, porque o avô Harry, que havia estudado em Paris, era um francófilo inveterado. Ele tinha cinco lojas de suvenir, estrategicamente espalhadas pelos pontos turísticos do balneário, e todas as informações para a clientela estavam redigidas em sua peculiar versão da língua francesa. Cada frase que proferia em sua língua materna era adornada com pelo menos um *"Oh, là là!"* ou um *"Tiens, tiens!"*.

Não importava qual era a estação, sempre vestia casaca e polainas por cima dos sapatos de couro pontudos. De sua boca nunca saía uma palavra amável, exceto quando falava dos anos de juventude na França, de Mili, da mãe dela e de Mistinguett. Odiava e menosprezava a humanidade em geral, e os alemães e a esposa, que era um deles, em particular. Apesar de ela ajudar a gerir o império comercial do marido com capacidade e diligência, o avô Harry sempre a chamava de *mon malheur*. Levei muito tempo para descobrir que essa estranha expressão significava "desgraça", tanto em alemão quanto em francês.

Como o avô Harry estava sempre furioso com alguma coisa ou alguém, Mili e eu não nos espantamos, certa tarde após a escola, ao ouvirmos seus gritos assim que entramos na casa dela.

Justamente quando íamos de fininho para o quarto de Mili, a porta da sala se abriu e de lá saiu a tia Eva. Estava com os olhos cheios de lágrimas e os cantos dos lábios tremiam. Pediu que não subíssemos, para que tentássemos ajudá-la a acalmar o pai, que estava fora de si.

Mili e eu nos entreolhamos, sabendo que aquilo era uma grande besteira: ninguém conseguia acalmar o avô Harry quando tinha seus ataques de cólera, muito menos nós. No fundo, tia Eva queria que compartilhássemos mais um espetáculo, mas era delicada demais para confessar abertamente. Mili perguntou, suspirando, o que tinha acontecido daquela vez.

— Na verdade, nada. O tio Bobby vai voltar, só isso — disse a mãe, rindo sem parar.

Ela me explicou que tio Bobby era seu irmão mais novo. O "pobre coitado" sempre tinha sido a ovelha negra da família. E, agora, parecia que tinha se endireitado, mas mesmo assim o vô Harry não queria saber dele. Tinha ficado mais furioso do que nunca porque soube que a sua *mon malheur* havia mantido contato com o sem-vergonha secretamente, contra suas ordens.

O avô Harry não tinha se dado conta de que a filha tinha saído do aposento nem percebeu quando nós três entramos. Estava sibilando e se retorcendo como uma cobra no divã, preso num diálogo consigo mesmo que ele repetia continuamente na mesma sequência.

Era uma cena cômica.

— O cavalheiro insiste em ir à Turquia para comprar tabaco...

— Papai paga...

— O cavalheiro volta sem tabaco, sem dinheiro, mas com um tarbuche no rabo.

— Papai paga...

— O cavalheiro insiste em ir aos Estados Unidos...

— E agora o papai tem que perdoar e deixar o rancor para trás, porque o cavalheiro está voltando com uma comerciante judia que nadava em dólares.

O avô Harry era um judeu antissemita, um fenômeno comum entre seus contemporâneos. Encontravam nesse tipo de comentário um prazer relativamente inocente que se perdeu na geração das câmaras de gás.

Mili e eu nos posicionamos diante do divã para não perdermos um segundo do espetáculo. Estávamos envolvidas demais para rir, mas, cada vez que o vô Harry se mexia como se agitasse o tarbuche, beliscávamos uma o braço da outra de pura diversão. No entanto, tudo tem um fim. O avô Harry ficou sem fôlego. Repetiu pela última vez, mais devagar e entre pausas:

— O cavalheiro insiste em ir aos Estados Unidos... — e, quando se exauriu, caiu no divã, pálido e de olhos fechados.

— ... e volta com um arranha-céu você sabe onde — declamou com a voz melódica a tia Eva, e nesse momento Mili e eu não conseguimos mais aguentar e rolamos no chão de tanto rir.

Depois de um tempo, o vô Harry se levantou e nos perguntou, surpreso, do que estávamos rindo tanto. Em seguida pediu um café, que se pôs a beber tranquilamente, enquanto falava conosco com rara cordialidade sobre coisas sem importância e sobre Mistinguett. Devia se sentir envergonhado pelo estranho comportamento. Só quando se despediu voltou a falar no retorno do filho pródigo.

— Não importa o que você diga ou faça, Eva — afirmou, segurando a maçaneta da porta —, não quero saber daquele *mauvais garnement*.

Quando a porta se fechou, tia Eva comentou alegremente que o pai tinha falado em francês, o que significava que estava tudo sob controle. Pelo que ela nos disse, nossa ajuda foi muito valiosa.

A ovelha negra teve a sensatez de saldar todas as dívidas antes de voltar. Quando chegou num automóvel branco como um lírio, o vô Harry, visivelmente emocionado, o apertou contra o peito, e a *mon malheur* experimentou a felicidade pela primeira vez em muitos anos.

Para Mili e a mãe, era o início de uma estimulante fase de festas e excursões. A tia Comerciante, como Mili a chamava (eu jamais soube seu verdadeiro nome), era umas daquelas donzelas falastronas que se sentem felizes quando cercadas de muita gente. Em um piscar de olhos conseguiu se transformar no barulhento centro das atenções da família do marido e de um vasto círculo de resplandecentes amigos e amigas.

O único que não participava da confraternização geral era o tio Wally. Cada vez mais deprimido, vinha se consolar em nossa casa sempre que a esposa e a filha saíam para se divertir.

— O mundo é uma escada — dizia, sombrio e enigmático.

Ele nos contou sobre uma menina travessa que, ao voltar ao terceiro andar, onde vivia a mãe, foi furiosamente recebida:

— "Todos comentam sobre a vergonha", ao que a filha pecadora, sem qualquer sinal de arrependimento, respondeu: "Ah, mamãe, o mundo é uma escada".

— E é assim — continuou o tio Wally. — Todos nós temos nossa própria escada, e o maldito Bobby, que opera uma reviravolta em minha esposa e minha filha, não descansou até alcançar seu objetivo: voltar ao lugar onde passou a infância para se gabar de sua riqueza.

Papai via de outro modo. Não seria um alívio para a família saber que Bobby estava tão bem? O tio Wally fez que não com a cabeça:

— Estou de mãos atadas — disse ele —, mas, apesar de tudo, vejo claramente a trapaça do *neppo-bono*.

Mili me contou que ele enviava todos os dias um documento a si mesmo, sendo um desmancha-prazeres com ela e a mãe.

Se eu não estivesse com tanta saudade de Lucie, teria aproveitado as minhas férias de verão, apesar de ver tão pouco Mili, que estava ocupada se divertindo.

A preocupação dos pais contemporâneos sobre como os filhos passam o tempo livre jamais atormentou meus pais. Meu lazer consistia em visitar com papai o museu Mauritshuis ou o jardim zoológico nas tardes de domingo. Como chovia muito, íamos quase sempre ao museu. Conhecíamos todos os vigilantes pelo nome e sobrenome, e eles nos tratavam com o respeito que só merecem os verdadeiros especialistas de arte.

O zoológico de Haia se diferenciava dos outros por não exibir animais enjaulados, com exceção de uns macacos poeirentos, uma raposa e um urso.

O jardim tinha um ar de abandono, mas as estufas estavam bem cuidadas e convidavam a longos e agradáveis passeios.

O que eu gostaria mesmo é de ter passado o dia inteiro tocando piano, mas precisava terminar os deveres do colégio e também não podia incomodar os vizinhos de baixo, que mais de uma vez devem ter beirado o desespero por minha causa. Não tinha permissão de ir ao cinema, porque mamãe tinha certeza de que os filmes eram prejudiciais à visão de pessoas mais jovens, e os banhos de mar só eram permitidos quando o país era assolado por uma onda de calor. Naquela época, jamais cheguei a pensar que levava uma vida monótona.

Parei de viajar para a ilha, porque estava ocupada demais salvando Lucie de palácios em chamas ou sendo sua dama de honra quando se casou com o príncipe de Gales, que, na época, ainda era solteiro e o único candidato adequado para ela. Tendo sangue azul, não importava que fosse um gói, como deixava claro o Livro de Ester.

Para meu pesar, naqueles tempos tudo era paz e amor entre meus pais, e, quando eu já tinha perdido a esperança de voltar à Antuérpia, chegou de repente uma ajuda inesperada.

Tio Bobby e a Comerciante haviam ido com parte dos serviçais a Ostende por uma semana e convidaram tia Eva e Mili para passar um dia com eles; o motorista iria buscá-las e levá-las de volta em seu Spyker branco como nata. Tia Eva achou um desperdício que não fossem ocupados os dois lugares extras no glorioso veículo e nos incentivou a aproveitar a oportunidade de ouro para visitar de graça a nossa família na Antuérpia.

Foi uma régia viagem. O carro era por dentro um ninho de veludo lilás, decorado com vasos de cristal repletos de cravos vermelhos. Além disso, tia Eva tinha levado uma cesta de piquenique com frango frio e tortinhas.

— Nunca se sabe — disse ela. — É sempre mais seguro levar comida para o caso de um pneu furar ou de qualquer outro imprevisto.

Não tivemos tempo de anunciar nossa visita repentina e chegamos em um momento muito inoportuno. Naquela mesma tarde, haveria na casa de vovó uma reunião de sionistas, e chegamos em meio aos preparativos. Rosalba estava com as criadas dispondo cadeiras em fila, enquanto vovó enfeitava o salão com flores azuis e brancas, as cores do movimento sionista. Minha avó tinha tanto apreço por Theodor Herzl, o fundador do sionismo, que seu retrato ficava pendurado ao lado do de vovô. Como os dois tinham a barba preta e meu avô se esforçou ao máximo para se parecer com o líder na fotografia, durante muito tempo achei que fossem irmãos.

— Ah, Deus! — exclamou vovó. — Desta vez realmente não posso oferecer estadia a vocês, porque o palestrante de hoje vai passar a noite aqui.

Enquanto mamãe lhe dava as boas notícias de que voltaríamos no mesmo dia, consegui escapar, à procura de Lucie.

Não a encontrei. Klembem já tinha me avisado que ela não estaria em casa. Seu pai, Menie, Salvinia e Bertha estavam. Gabriel tinha ido a Bruxelas, à Bolsa de Valores, disse o sr. Mardell. Ele percebeu a minha decepção. Lucie estava com uma amiga em Bruges e só voltaria no fim da tarde. Se eu a tivesse avisado, ela teria adiado o passeio. Antes de perceber, já o havia atualizado sobre tudo, tio Bobby e vô Harry, até mesmo sobre as cartas que o tio Wally mandava a si mesmo.

O sr. Mardell era um excelente ouvinte.

As tias também não se alegraram muito ao nos ver. Tia Sônia mandou que eu brincasse no jardim e, quando voltei, ela estava chorando enquanto mamãe lhe afagava a cabeça e sussurrava palavras de consolo. Pelo visto, tio Isi continuava no caminho da perdição.

Chegamos a presenciar o início da reunião dos sionistas, porque o tio Bobby e a Comerciante demoraram a deixar que Mili e sua mãe partissem, e elas saíram tarde de Ostende e passaram para nos pegar muito depois da hora combinada. Eu me sentei no salão para esperá-las em um lugar de onde podia espiar a casa de Lucie; ela não voltou antes de irmos embora.

No caminho não tive tempo de ficar triste, porque tia Eva e Mili não pararam de falar sobre o salão de jogos, onde ganharam vinte francos, e sobre a Comerciante, que havia perdido na noite anterior um valioso colar de pérolas, mas não se deixara abater, porque tinha outros quatro, um mais bonito que o outro.

— Deve ser uma maravilha ter tanto dinheiro — disse a tia Eva.
— E ela é tão generosa, sempre pensando nos outros! Ela adoraria conhecer vocês.

Ficamos em silêncio. Papai tinha nos proibido de ter qualquer contato com aquela mulher, por solidariedade para com o tio Wally.

Papai a chamou de *falderappes*, ou seja, escória do pior tipo, e quando dizia isso de alguém não havia nada a fazer.

Alguns dias depois recebi uma carta de Lucie em que se lamentava com palavras muito sinceras por termos nos desencontrado durante minha visita inesperada. Vovó também nos escreveu lamentando ter tido tão pouco tempo para nós e nos convidando a ficar lá para o seu aniversário, no final de agosto. Para evitar outra decepção, logo escrevi a Lucie perguntando se por acaso sairia de férias naquele período. Sua resposta foi reconfortante: preferia sair de férias no inverno e já estava ansiosa por nossos longos passeios.

Ainda faltavam dez dias de julho e três semanas de agosto que me pareciam uma eternidade, e não podia falar com ninguém sobre Lucie. Mamãe era contra nossa amizade, e Mili não entendia como eu podia me dar tão bem com uma mulher mais velha.

— Ora, então você não se dá bem com a sua tia?

Segundo Mili, tia era tia, e não uma amiga. Com papai eu podia falar sobre o sr. Mardell, mas na verdade ele não me contava nada de novo, porque não fazia mais do que repetir que era um grande conhecedor de arte e que já possuía um gosto infalível na época em que foram companheiros e amigos, muitos anos antes.

O verão se arrastou a passos de tartaruga até que finalmente fomos viajar. Na festa de aniversário de vovó, ela ficou rodeada por todos os filhos e netos, que não fizeram outra coisa senão falar, rir e comer. Bebidas alcoólicas não eram servidas, mas jorravam rios de café.

Meus familiares me consideraram antipática e grosseira por insistir em ver uma amiga em um dia de celebração da família. Deram-me meia hora. Telefonei para Lucie e, quando comentei chorando o pouco tempo que tínhamos, ela me consolou dizendo que em meia hora se podia conversar sobre muitas coisas. Perguntei quando eu deveria ir vê-la, e, para minha surpresa, ela disse que a esperasse na mesma esquina que costumávamos ficar com Gabriel às três e meia. Daquela vez era impossível me receber em casa porque guardava um segredo e não queria que o pai ficasse sabendo.

Ela tinha cortado o cabelo.

— Ai, Lucie, será que o seu pai vai ficar muito bravo?

— Claro que não, boba. Faz tempo que estou com este corte. Ele gostou. O que você acha?

— Você fez permanente.

Estava com o cabelo mais claro. Os cachos amarelo-palha emolduravam seu rosto excessivamente maquiado. Estava muito estranha. Não era mais a minha Lucie.

— Eu preferia como estava antes.

Ela soltou uma gargalhada.

— Você é muito conservadora para a sua idade. Veja só quem também está aqui!

Ela falava e ria de modo diferente.

Um par de mãos cobriu de repente os meus olhos. Quando me soltei e me virei, vi Gabriel.

Era o que faltava.

Gabriel era um bom rapaz e sabia tudo sobre a Antuérpia, mas ter que dividir Lucie com ele naquela preciosa meia hora era demais para mim. Eu o cumprimentei com frieza.

Ele já não se parecia com o anjo Gabriel.

Tinha engordado. Vestia um elegante terno cinza-claro e havia passado gel no cabelo. Parecia mais distinto, porém muito mais sem graça. Usava um anel de ouro com uma pedra verde em que estava gravada a letra G, como um selo. Até sua voz soava diferente.

Tudo me parecia muito desagradável. No fim aquela meia hora pareceu tempo demais.

— Você não está curiosa? — perguntou Lucie. — Não adivinha qual é o segredo?

Não, não tinha a menor ideia. Lucie entrelaçou o braço no de Gabriel.

— A Gittel nós vamos contar, não é?

Ele fez que sim com a cabeça.

— Agora. Porque, se chegamos até aqui, em parte foi graças a ela.

— Bem — disse Lucie —, vamos lá: Gittel, Gabriel e eu nos amamos há muito tempo. Nós ficamos noivos, mas ninguém sabe por enquanto, nem meu pai nem a mãe dele.

Se naquele instante tivessem me dado uma martelada na cabeça, eu não teria ficado tão atordoada. Os olhos e a boca entreaberta de Lucie tinham um brilho levemente úmido. A parte interna de seu lábio inferior parecia doentiamente pálida em contraste com o vermelho carmesim do batom que ela havia usado em abundância.

A soberba e poderosa Lucie... tão indefesa e até insensata.

Era inquietante e inexplicável.

— E você não vai nos felicitar? — sorriu a boca carmesim.

Apertei as mãos estendidas e resmunguei alguma coisa, esperando que fosse adequada.

— Se você é a minha amiga de verdade, não devia ficar com ciúme — opinou Lucie.

Indignada, disse que não estava com ciúme, mas que havia ficado surpresa. Gabriel disse que era compreensível: ele mesmo não sabia o que ela tinha visto nele. Perguntei por que o noivado tinha de ser escondido do sr. Mardell, que gostava tanto de Gabriel.

— Por isso mesmo — disse Lucie, esboçando no canto dos lábios um risinho travesso que eu já tinha visto antes.

Pelo que Gabriel explicou, o fato de ter a confiança do pai de Lucie o fazia se sentir na obrigação de demonstrar o seu valor antes de lhe pedir a mão da filha.

Em seguida começaram a me encher de elogios como se fosse uma competição para mostrar quem tinha mais apreço por mim. Se eu não os tivesse acompanhado naqueles passeios do domingo, nunca teriam se conhecido melhor. Estavam enormemente gratos e eu sempre seria sua fada madrinha, sua melhor amiga…

E por que a mãe de Gabriel não podia ficar sabendo?

Porque falava demais. Se soubesse, no dia seguinte toda a Pelikaanstraat saberia. Gabriel me perguntou se eu conseguiria guardar o segredo. Por mim podiam ficar sossegados, não contaria a ninguém. Nesse momento vi que tínhamos andado tão rápido que, quando me dei conta, estávamos quase no final da avenida Meir. Para meu horror, percebi que nunca conseguiria estar em casa às quatro. Gabriel propôs irmos visitar a capela onde Joana, a Louca, não chegou a se casar, já que ficava logo ali e eu estava mesmo atrasada. Lucie recusou, porque não estava com vontade de visitar um local em que alguém não tinha se casado. Poderia trazer má sorte.

— Joana acabou se casando — explicou Gabriel, didático —, mas não na linda capelinha que lhe foi preparada. Pensando bem, teria sido melhor para ela se tivesse renunciado completamente a esse casamento.

— Olha! — exclamou Lucie. — Eu é que não vou!

— E agora quem está dizendo besteira? — perguntou Gabriel.

— Eu — disse Lucie. — Graças a Deus, pela primeira vez na minha vida.

Eles se esqueceram da minha presença até voltarmos ao ponto de partida do passeio.

Ficou combinado que Gabriel voltaria antes para a casa dos Mardell, e Lucie chegaria dez minutos depois.

— Você vem tocar piano amanhã? Meu pai ficará decepcionado se souber que esteve na cidade e não foi cumprimentá-lo.

Eu menti. Disse que não sabia se ainda estaríamos lá no dia seguinte.

— Então passarei lá — disse Lucie —, e, se estiver, vai ter que ir comigo.

Ela se ofereceu para entrar comigo e assumir a culpa pelo meu atraso, mas eu garanti que conseguiria me safar sozinha.

— Alegre-se um pouco por mim — suplicou. — As coisas não têm sido tão fáceis como você deve estar pensando.

Jurei que ninguém no mundo se alegrava mais pela felicidade dela do que eu, mas não devo ter soado muito convincente.

Na escada de casa me deparei com um punhado de primos e primas com roupas de festa. Aconselharam-me a não subir, porque os adultos me expulsariam do salão pedindo que eu não incomodasse, assim como tinha acontecido com eles.

Tio Isi havia trazido "A Pessoa" e todos ficaram furiosos. Eu tinha ouvido tanto sobre ela que morria de vontade de vê-la com meus próprios olhos, mas não podia dizer isso às crianças. Hipócrita, disse que me sentia obrigada a subir para tranquilizar os adultos porque sem dúvida estariam preocupados com minha ausência prolongada.

Imperava um silêncio sepulcral no recinto lotado. Esperava receber um bom sermão, mas ele não veio. Com um leve aceno, vovó me convidou a sentar.

Ela e os seus, bem como a vovó Hofer e Rosalba, estavam sentados em círculo ao longo das paredes do salão. Calados, tinham o olhar fixo à frente.

Não se bebia nem comia nada. O tio Isi teve o descaramento de mandar a esposa e os filhos à festa para aparecer depois na companhia da dama do seu coração. Jamais havia acontecido algo parecido no seio de nossa família, e, para piorar, o cafajeste parecia se deleitar com a comoção provocada.

— O homem tem de se alimentar — disse, trazendo um prato cheio, que logo comeu com a maior cara de pau.

A Pessoa logo ganhou a minha simpatia ao comentar em tom irônico que ele não deveria dizer "um homem" cada vez que se referisse a si mesmo.

— Assim ficaremos em dúvida se você o é realmente. Talvez seja só um belo animal.

Um arrepio de espanto percorreu os presentes.

Por não haver uma cadeira livre junto à parede, fui obrigada a sentar no meio da sala com os vilões. A Pessoa era baixinha, magra e tinha cabelos dourados. Constatei que era bem menos bonita que a tia Sônia, cuja aparência de bela e melancólica madona estava exacerbada pelas circunstâncias. A loira indesejável tinha uma expressão espirituosa e travessa, o nariz arrebitado e grandes olhos azul-claros emoldurados por cílios negros e compridos. Ainda que fossem postiços, colados nas pálpebras com tiras de papel, lhe caíam excepcionalmente bem. Ela não parava de falar comigo com sua voz artificial e infantil. Sob olhares de desapontamento e reprovação dos meus parentes, comecei a rir quando ela me contou que a sua empregada disse que colocaria a *complota* de maçã no centro da mesa porque assim daria uma melhor *expressão*.

Tio Isi olhava encantado para A Pessoa enquanto ela fazia tudo que ele havia proibido a própria esposa de fazer: fumava como uma chaminé, passava pó de arroz sobre o nariz, retocava o tempo todo o batom nos lábios e criticava os modos do meu tio. Entre muitas outras coisas, sugeriu que ele devia ter lhe servido um prato.

— Ora, você não come por medo de engordar — desculpou-se, temeroso.

Ela respondeu que se ele fosse um cavalheiro de verdade teria oferecido. Tio Isi, o terror da família, abaixou os insolentes olhos escuros e saltados, visivelmente intimidado, e corou como um menino. A vovó Hofer, que estava se consumindo, não aguentou mais. Levantou-se com muito barulho e anunciou que ia embora, e incentivou os outros convidados a seguir seu exemplo. Disse a vovó que voltariam mais tarde, quando pudessem estar de novo em paz. Afinal, aquela era uma festa de família. E abandonou a sala, ignorando totalmente o filho e sua acompanhante ilegítima. Os outros fizeram o mesmo, com exceção de vovó, Rosalba e eu.

Assim que todos saíram, A Pessoa disse entre risinhos que o tio Isi podia levá-la para casa sem pressa. Estava claro que a situação lhe parecia muito divertida. Agradeceu à vovó pela tarde tão prazerosa, desejou-lhe boa saúde e muitos anos de vida e desapareceu, ainda soltando risinhos, em uma nuvem de perfume com o pretendente em seu encalço.

— Abra todas as portas e janelas para ventilar a casa — ordenou vovó. — Não aguento mais esse fedor.

Foi quando explodiu a sua indignação. Levei uma bronca por ter rido das gracinhas da mulher infame. Até Rosalba, que sempre saía em minha defesa, repreendeu meu vergonhoso comportamento. Vovó se lamentou por terem arruinado seu aniversário, e Rosalba disse que os homens eram uns porcos e que o tio Isi era o pior de todos.

Elogiaram a coragem da vovó Hofer, embora suspeitassem que ela teria apreciado a miséria em que se transformou o aniversário da minha avó. Eu estava a ponto de chorar quando tive de subir para buscar as caixas de costura das duas senhoras enraivecidas. Era certamente um daqueles dias intermináveis em que tudo dava errado: a história com Lucie, a visita da Pessoa... Mas não pude deixar de rir das asneiras da empregada dela.

A caixa de costura de vovó era de ébano e incrustada com flores de madrepérola. Vovó guardava nela cambraia e rendas preciosas com as quais fabricava lenços e babados. O eterno estoque de meias que Rosalba tinha que remendar e que jamais acabava estava em uma caixa de papelão coberta com papel com estampa floral. Ela havia ganhado de presente, cheia de bombons, num de seus aniversários.

Ao descer, encontrei vovó em seu vestido de seda mais elegante e Rosalba, como sempre, com uma blusa branca e uma saia preta à altura dos tornozelos, sentadas frente a frente perto da janela. A mera visão das caixas desfez o mau humor. Logo puseram os óculos, visivelmente felizes por voltarem aos seus afazeres.

De repente me dei conta de que estava com fome e perguntei se podia provar as guloseimas que mal haviam sido tocadas.

— "O homem tem de se alimentar" — disse vovó, e começou a rir com tanto gosto que teve de apoiar suas costuras no peitoril da janela.
Foi quando a verdade veio à tona. Vovó confessou que teve de se segurar para não soltar uma gargalhada durante a visita do tio Isi e daquela mulher tão divertida. Até Rosalba reconheceu que ela era engraçada, apesar de não ter entendido tudo o que havia dito. E elegante! Aquele terninho ocre custou facilmente uns quinhentos florins, e é claro que quem o financiou foi o tio Isi. Embora Sônia fosse bem mais bonita, além de excelente mãe e esposa, em um difícil exercício de objetividade vovó conseguia entender que sua eterna retidão pudesse incomodar seu marido. A partir desse momento, não houve quem calasse minha avó e Rosalba. Por mais que se esforçassem para elogiar as qualidades de tia Sônia no início de cada frase, falavam o que queriam dela, examinando cada um de seus defeitos. Após justificarem sua maliciosa complacência, ruminaram novamente os acontecimentos do começo ao fim, até pegarem no sono. Eu estava sentada em um banquinho ao lado de Rosalba, com uma meada de lã em volta dos braços. Ela começou a roncar com o novelo ainda nas mãos e o queixo apoiado no peito, e soltava suaves assobios pelo nariz, enquanto os lábios bufavam levemente. Vovó, menos sofisticada, se limitava a respirar fundo e a emitir de vez em quando um brando gemido.

Eu tinha aprendido que, tanto na terra quanto no além, poucos pecados mereciam um castigo mais duro do que perturbar o sono de uma pessoa idosa. Com cuidado, deixei que a lã escorregasse no meu colo, mas, de resto, não me atrevi a fazer movimento algum.

Do outro lado da rua havia uma farmácia de esquina com a rua lateral. Na vitrine que dava para a casa da minha avó havia dois frascos gigantes de vidro cheios de líquido, um laranja e o outro azul-esverdeado.

A luz do sol se refletia nos bojos de cores vivas e os contemplei até que minha retina se inundou de um arco-íris ao fechar os olhos. De resto, havia pouco para ver, além do retrato do vovô, pendurado na parede sobre a cadeira da vovó. Ele tinha falecido antes de eu nascer, e não havia mais nada dele além de alguns provérbios sarcásticos que se perpetuaram através de nós como os de um oráculo e do nariz reto e alongado de que os descendentes afortunados por terem saído parecidos a ele se gabavam. Fora meus pés, que ficaram dormentes, eu estava completamente desperta. Justamente quando considerava a possibilidade de escapar, percebi que as duas mulheres tinham parado de roncar. Vovó estava caída para o lado na poltrona, a boca escancarada. Rosalba estava encostada na janela, mole como uma marionete. Estavam mortalmente pálidas; estavam mortas e todos suspeitariam de que eu as tinha matado se não pedisse ajuda. Por outro lado, se eu deixasse os corpos ali abandonados, me levariam a mal.

Era certamente uma tristeza que minha pobre vovó tivesse que morrer no dia do seu aniversário, e muito comovente que sua fiel governanta não a houvesse abandonado nem na morte, mas eu seria responsabilizada e terminaria na prisão. Ou por ser menor de idade me colocariam em um reformatório?

Devia ser uma vergonha ter uma filha que com doze anos de idade assassinara duas mulheres, as duas tão boas pessoas, e que sempre lhe trataram tão bem. Eu estava mais preocupada com o fardo dos meus pais do que com o das minhas vítimas quando os tios Fredie e Charlie irromperam no aposento cantando muito alto "Feliz Aniversário".

Vovó e Rosalba ressuscitaram na mesma hora. E, quando tio Fredie perguntou brincando se tinham dormido bem, responderam que não haviam pregado um olho e que tinham passado a tarde tricotando. Não é mesmo, Gittel?

Com a consciência pesada por dois assassinatos não esclarecidos, confirmei o que disseram sem nem pestanejar.

— Assim está melhor? — perguntou Lucie na manhã seguinte, quando foi me buscar.

Ela havia recuperado o rosto de sempre e tinha os cabelos bem menos cacheados.

— Muito melhor.

Depois de me chamar de mandona, me relembrou, sem a menor necessidade, do meu juramento. Aquele juramento tinha me feito passar boa parte da noite sem dormir.

O sr. Mardell não me achou com a cara boa.

— Você andou comendo doce demais?

Aqueles dias tinham sido um tanto atrapalhados.

Ele me pediu que eu contasse algo divertido, como da outra vez, quando falei sobre aquele senhor que mandava cartas a si mesmo. Como é que ele podia pensar que uma estupidez daquelas pudesse ser divertida?! O sr. Mardell disse que eu não precisava ficar envergonhada por confessar que até as piores desgraças têm um lado engraçado. Para ele, era muito mais útil extrair o elemento cômico de uma experiência pouco agradável do que tentar descobrir um inexistente lado positivo, como recomendavam os supostamente mais sábios. Eu não queria contradizê-lo, embora não concordasse com ele. Poderia ter citado ali mesmo uma série de experiências que não tinham nada de engraçado: ir à escola, a morte de Aron, as indiretas da família sobre a terrível gestão dos negócios de papai, o noivado de Lucie...

Em vez disso, acabei lhe fazendo um relato detalhado da transgressão de tio Isi, sendo logo recompensada com aplausos pela minha imitação da vovó Hofer e de seu "Estou me retirando e peço aos presentes que me acompanhem". Então Lucie entrou avisando que mamãe acabara de telefonar pedindo que ela me levasse imediatamente de volta para casa da minha avó, pois havia surgido um imprevisto e partiríamos para a Holanda no primeiro trem.

O sr. Mardell insistiu para que eu telefonasse e perguntasse o motivo da partida tão apressada. Ele achou que papai tivesse adoecido, ao passo que eu suspeitava que mamãe tivesse discutido com um dos irmãos, mas estávamos enganados.

Tinha chegado um telegrama de tio Wally dizendo que naquela noite haveria uma grande festa em sua casa e ele queria que mamãe estivesse presente.

— Pelo menos é por uma razão agradável — disse o sr. Mardell.

— Que alívio! Aqui ficamos sossegados demais.

— Pois é, isso pode entediá-lo de vez em quando.

Depois dessa primeira resposta, esforcei-me para achar as palavras adequadas e lhe dar a entender que era aquele sossego que tanto me agradava. Mili tinha razão: era difícil ter amigos mais velhos. Eles entendiam tudo pela metade ou errado.

— Ela não deveria se despedir do Gabriel antes de partir?
— Não, papai — rebateu Lucie. — Temos que ir logo, para não aborrecer a mãe dela.

Eu fiquei corada, e quando vi o olhar do sr. Mardell, ao mesmo tempo achando graça e com compaixão, corei ainda mais.

— Tenho a impressão de que ela gostaria de vê-lo.
— Ah, não, não... — Comecei a transpirar.
— Qual o problema? — perguntou Lucie, irritada.
— Eu realmente preciso ir embora.

Estendi a mão aos dois e saí correndo.

O sr. Mardell achava que eu gostava de Gabriel.

Uma vez em casa, soubemos que o tio Wally tinha feito as pazes com o cunhado, Bobby.

— Aquilo foi fogo de palha — disse papai, recorrendo a sua língua materna.

Com muita dificuldade, conseguimos convencê-lo a ir à festa de reconciliação, mas, na manhã seguinte, à mesa do café, reconheceu que o tio Bobby havia se saído melhor do que esperava. Até tiveram uma conversa sobre a possibilidade de fazer negócios nos Estados Unidos. Por outro lado, em relação à Comerciante, mantinha sua opinião: as pessoas decentes não deviam se misturar com aquele tipo de escória.

As férias de verão chegavam ao fim quando recebemos a notícia da morte da baronesa Bommens. "Em jubilosa adoração diante do trono de Deus", lia-se no obituário. Sem dúvida experimentaria ainda maior júbilo quando se reencontrasse com o barão.

Papai redigiu uma carta comovente aos parentes da baronesa. Pela resposta deles, deduzimos que venderiam a casa com móveis e tudo. Lucien e Robert iriam para um internato e a madame Odette já vinha trabalhando havia alguns dias no bar do irmão...

Durante nossas temporadas na casa da minha avó, não teríamos escolha a não ser buscar outro refúgio.

— Uma porta para sempre fechada pela mão gélida da Morte — murmurei para mim mesma.

Aquelas palavras tão tristes e belas, e ao mesmo tempo tão acertadas, me fizeram me esvair em lágrimas. Minha mãe ficou surpresa: nunca tinha imaginado que eu gostasse tanto da velha senhora.

O falecimento da baronesa me afetou tanto que cheguei até a me apiedar de Lucien e Robert, que deveriam estar sofrendo no internato. E lamentava muito também que madame Odette, após uma vida de luxo, de repente tivesse que dar duro para ganhar seu sustento.

Passei os últimos dias de férias de luto.

— Ser adulto é uma chatice, mas pelo menos não se tem que ir à escola — eu disse a Mili quando retomamos nossa caminhada diária até o odiado colégio.

Mili não concordava comigo. Gostava de ir à escola, e ser adulta lhe parecia divertido. Podia-se ficar acordado até quando bem se quisesse, dirigir e ir a festas se tivesse vontade. Não a contradisse, apesar de manter minha opinião. Ser adulto significava contar mentiras, falar mal dos outros, ter problemas financeiros e cólicas. Já fazia alguns meses que eu tinha sérias dores no baixo-ventre. Mamãe disse que não havia o que fazer, era um processo natural, porque em breve eu passaria para a idade adulta. Não entrava na minha cabeça como todas as mulheres que eu conhecia podiam agir normalmente tendo que sofrer vez por outra dessa terrível dor "azul", que era como eu a chamava. Talvez eu me acostumasse a longo prazo.

Mili perguntou como estava a minha amiga da Antuérpia, e respondi que havia um segredo do qual eu não podia falar.

— Se é assim, tudo bem — disse ela, dando de ombros. — A gente se vê.

Então saiu correndo na direção de uma de suas colegas de turma.

Meio-dia, ao voltar para casa, Mili caminhava uns passos a minha frente, rindo e sussurrando com outras duas meninas só para me irritar. Eu me arrependi daquele comentário. Foi antipático da minha parte e fui pretensiosa ao falar sobre um segredo. Havia feito uma besteira. Imagine se ela o contasse em casa e de alguma maneira chegasse aos ouvidos do sr. Mardell!

As duas outras meninas viraram em uma rua lateral e Mili seguiu sozinha, assobiando bravamente. Eu a alcancei.

— Não fique chateada. Fui uma boba.

— Pois é, e não foi pouco.

— Você me perdoa?

— Si... sim — disse Mili, hesitante —, mas essa sua amiga é uma chata.

Certamente teríamos continuado discutindo se não víssemos na mesma hora o tio Wally e a tia Eva entrando na casa dos meus pais.

— Aposto que vieram me buscar — disse Mili. — O que é estranho, porque moramos ao lado.

— Vai ver que aconteceu alguma coisa.

Dessa vez acertei em cheio: nossos pais estavam lívidos no pequeno e abarrotado aposento que viemos a chamar de "sala".

— Eles se foram — disse tia Eva, rouca.

Tio Bobby e a Comerciante haviam partido sem avisar a ninguém. Não houve mais detalhes.

Com um sorriso triste, tia Eva distribuiu chocolates e depois nos mandou subir. No meu minúsculo quarto, onde mal havia lugar para nós duas, Mili foi para a frente da janela, de costas para mim.

— Tio Bobby é um homem especial e não vou deixar ninguém falar mal dele — disse ela, e recitou com a voz trêmula o poema que a consolava em momentos difíceis:

Aos dez anos é uma criança.
Aos vinte, conhece o carinho,
Aos trinta, contrai matrimônio,
Aos quarenta, protege o patrimônio.
Aos cinquenta, fala do passado,
Aos sessenta, desce um bocado,
Aos setenta, segue baixando,
Aos oitenta, ainda está no comando.
Aos noventa mantém os jejuns,
Mas aos cem só chegam alguns.

8

O marco alemão havia despencado. Poucos dias depois, tio Wally veio nos dizer que tinha decidido ir morar na Alemanha. Sem pensar duas vezes, vendeu todas as suas propriedades e, antes que pudéssemos perceber, estava instalado com a família no país vizinho. Desolada, a babá de Mili ficou nos Países Baixos. Acabou trabalhando como vendedora em um armarinho. "Eu jamais me acostumaria a outra família", disse, fungando. Quando tinha alguma tarde livre, vinha nos visitar. Antes, mal notava a minha presença, agora se desvelava para cair nas minhas graças. A cada visita me trazia um presentinho infeliz, algum objeto de uso prático da loja em que trabalhava tão a contragosto: um ovo de madeira para cerzir, alfinetes ou uma cartela de colchetes de pressão, diante dos quais eu só conseguia com muito custo agradecer ou me alegrar. Além disso, mamãe afirmava que eram produtos roubados, e ela só esperava que a polícia não o descobrisse, caso contrário me deteriam por encobrir o delito. Mesmo em seus melhores dias, a babá sempre fora pouco atraente, e agora, com os olhos constantemente inchados de chorar e o nariz vermelho, parecia um espantalho. Tinha a bolsa puída sempre abarrotada com fotos de Mili, e, todas as vezes que recebia uma carta dela, lia repetidas vezes em voz alta para nós, em meio a soluços.

 Diante da avidez e da inveja com que olhava para os cartões-postais que Mili me enviava muito de vez em quando, eu não tinha opção a não ser presenteá-la com eles. Minha experiência com Lucie tinha me ensinado o que significava ansiar por alguma notícia de um ente querido. Desde que Lucie havia ficado noiva, minha adoração por ela tinha congelado, principalmente porque nossos novos vizinhos não me davam tempo para ficar triste. Os anteriores foram despejados por Czerny e Clementi, e, com os novos, um jovem casal de jornalistas, eu tinha feito um ótimo acordo: não poderia fazer barulho enquanto redigiam artigos para o jornal; de resto, podia tocar quando quisesse.

Uma vez por semana eu tinha aula com um professor tão velho que havia chegado a se apresentar para o rei Guilherme III. Na ocasião o monarca lhe presenteou com um relógio de ouro, que ele sempre usava: e se ficasse satisfeito com o meu progresso, me deixava ver de perto o objeto, o que eu fazia com grande respeito, ainda que não tivesse nada de muito especial.

Nesse meio-tempo, o peculiar tino comercial de papai gerava consequências cada vez mais catastróficas. À noite, quando se sentava diante da coleção de selos, soltava suspiros de cortar o coração. Banning Cocq e o tio Salomão voltaram a aparecer com tanta assiduidade que mamãe começou a planejar se mudar de vez para a Antuérpia. Dessa vez eu não sabia se deveria me alegrar ou se me atreveria a ir procurar Lucie. Até que decidiram por mim.

Em uma tarde em que não a esperávamos, a babá de Mili apareceu com um monte de fitas coloridas nas mãos.

Parada no meio da sala, exclamou que tinha sido resgatada. Com dificuldade, conseguimos deduzir de seus gritos confusos que, para sua mais absoluta alegria, tio Wally havia aparecido no armarinho como a personificação da força da vingança, acusando os donos — que, para dizer a verdade, não a tratavam nada mal — de sanguessugas e parasitas.

— "Quando eu parti, essa moça era uma bela jovem. E agora? É um esqueleto vivo!", ele vociferou.

Depois jogou na cara deles os seus três meses de salário e levou a senhorita para almoçar em um restaurante, onde, segundo o relato dela, a fizera comer de tudo o que tinha sido privada durante o semestre anterior. E ela havia carregado por engano as fitas que tinha acabado de mostrar na loja (mamãe me lançou um olhar inequívoco) e, já que não voltaria a passar pela soleira daquele lugar maldito, as fitas ficariam para Mili.

Após a refeição, tio Wally teve que sair para se reunir com importantes parceiros de negócios e pediu que ela fosse nos avisar que, assim que terminasse, iria nos ver.

Ela partiria com ele na manhã seguinte para Berlim, "com reservas na primeira classe", e ele a proibiu de passar aquela última noite em seu cubículo, convidando-a a se hospedar no mesmo hotel de luxo em que ele estava.

Ela estava embriagada de felicidade.

Antes de partir, ela me ofereceu uma das fitas, e quando recusei e agradeci, educada, mas com firmeza, ela disse:

— É, você tem razão. Essas cores pastel não ficam bem em você. Deveria ter nascido menino, com esse rosto tão largo e estranho.

Esperamos com impaciência a vinda do tio Wally.

Quando chegou, no fim da tarde, fiquei impressionada. Estava imponente: a exata imagem de um grande industrial. Um grande colarinho de astracã adornava seu novíssimo casaco de inverno azul-marinho e, sobre a cabeça angulosa, carregava um chapéu de pele de castor cinza-claro. A bengala, de um amarelo vivo, terminava em um grosso punho dourado.

— Não tenho muito tempo — disse, após nos cumprimentar apressadamente —, mas ninguém pode dizer que Wally abandona à própria sorte velhos amigos que estão na pior. Oh, não, desnecessário me contradizer: posso ver só de bater o olho em vocês. — Virou-se para mim. — Conte aqui para o tio Wally, você vai com a mamãe em breve para a Antuérpia?

— Sim, tio Wally, depois de amanhã.

— Viram só?! — disse, triunfante. — Eu sabia!

Enquanto isso, ele se desvencilhou de seu casaco exuberante revelando um magnífico terno bege e uma camisa de seda vermelha. Após beber chá conosco, condescendente, disse:

— Agora quero que vocês ouçam.

Ele falou muito, em alto e bom som, nos incentivando a ir para a Alemanha, mas papai não se mostrou convencido.

— O infortúnio me persegue — resmungou papai. — Pouco a pouco me dou conta de que não adianta fugir do destino.

— Já sabemos da história — disse Wally. — Basta você virar padeiro para que ninguém mais coma pão. Quantas vezes já ouvi isso? Mas chegou a hora de quebrar esse círculo vicioso. Imagine que maravilha seria a Gittel poder estudar música em Berlim.

Ficou tarde e me mandaram ir dormir. Na manhã seguinte, mamãe me contou que, após uma profunda deliberação, ela e meu pai decidiram que também partiríamos para a Alemanha. Nossa ida à Antuérpia foi cancelada.

Seguiram-se semanas conturbadas. Emocionada, me despedi do meu velho e simpático professor de música. Se me conformei com aquele plano foi pela perspectiva de voltar a ver Mili. Ainda que os últimos dias em nossa casa desmantelada tenham sido bastante excitantes, assim como a primeira viagem em um trem internacional, a única pessoa que realmente estava desfrutando de tudo era mamãe. Respirar o ar da estação ferroviária já a enchia de felicidade.

Mili e os pais nos buscaram da estação.

— Nós encontramos um lugar formidável para vocês — disse Wally. — E baratíssimo: só cinco milhões de marcos por semana!

Ainda tínhamos que nos acostumar aos valores astronômicos, mas o apartamento para onde nos levaram era realmente muito atraente. Fomos recebidos pelos proprietários, uma senhora idosa e o filho, Helmut. Ocupando apenas dois quartos do suntuoso apartamento, mostraram-se satisfeitos de alugar o resto da residência a uma família de "holandeses endinheirados". Em todas as partes, viam-se tapetes persas e uma profusão de móveis novos de madeira maciça. Helmut foi logo nos confidenciando que não tinha confiança no mercado e que preferia investir todo o seu capital em bens.

Mili e eu nos cumprimentamos com uma calculada, embora fingida, indiferença. Ao chegarmos ao meu amplo e amadeirado quarto, ela disse, seca:

— Estou feliz que tenham vindo. Ainda que agora a casa de vocês seja mais bonita que a nossa.

Então me ajudou a pendurar as minhas roupas de marinheiro, que pareciam deslocadas no enorme guarda-roupa, quase chegando ao teto.

De volta à sala, Helmut nos apresentou à noiva, uma criatura pálida e melancólica, que se desvelava por ele e pela futura sogra.

— De qualquer forma, não penso em me casar com ela — disse, quando a noiva foi para a cozinha.

Na verdade, foi uma noite confusa. E não foi à toa que me senti aliviada quando finalmente me meti na cama.

Na manhã seguinte, papai saiu cedo para se encontrar com tio Wally, que lhe apresentaria aos homens de negócio mais poderosos da cidade.

Como antes, eu iria para a escola com Mili. Além disso, tia Eva já tinha conseguido uma professora de música para mim e marcado uma hora para a tarde do nosso primeiro dia em Berlim.

A mãe de Mili me abraçou ao dar a boa notícia, convencida de que eu só me sentiria em casa em Berlim se tivesse aulas de piano.

A professora se chamava Knieper e, segundo as informações que tia Eva obteve, tinha sido uma célebre concertista e ultimamente fizera fama de ótima maestrina. Eu poderia me alegrar de coração com o encontro com a sra. Knieper, porque, quando me despedi do meu professor de Haia, ele teve a sábia ideia de me recomendar que seguisse me esforçando com seus sucessores tanto quanto me esforcei com ele.

Fomos as quatro para o encontro com a sra. Knieper.

Ela não morava muito longe da casa de Mili, no térreo de um edifício tão alto quanto o dela. Quem nos abriu a porta foi um garoto magro com cara de camundongo e cabelos molhados penteados por trás. Ele nos cumprimentou com uma reverência exagerada. Em seguida nos levou até um pequeno vestíbulo com cadeiras de madeira e assento de palha. Então pediu que nos sentássemos e tivéssemos um pouco de paciência, porque a mãe ainda estava com um aluno.

Apontou para uma porta de madeira em forma de arco sobre a qual se lia, em letras góticas formadas por tachas de bronze, "*Musikzimmer*" e, mais abaixo, "*Ruhe!*". Do outro lado da porta estavam massacrando o *Aufschwung*, de Schumann.

O rapaz pediu licença para se retirar porque tinha deveres para fazer. Ele se despediu fazendo uma reverência para todas nós, sem se lembrar de acender a luz. Sentadas no vestíbulo escuro, ouvíamos os primeiros oito compassos do *Aufschwung*, repetidos seguidamente com os mesmos erros. De repente, soaram de outra forma, com os mesmos erros de antes, mas com um dedilhado magistral, enquanto uma voz irritada cantava:

Finalmente, a música foi interrompida. Após uma curta mas intensa discussão que, infelizmente, não conseguimos ouvir, abriu-se a porta. Por ela saiu em disparada uma menina aos prantos, a bolsa de partituras sob os braços e com tanta pressa que por pouco não nos atropela. Então a porta voltou a se fechar com uma furiosa batida. Tia Eva sussurrou, rindo, que por medo havia engolido parte da gola de pele do casaco, e Mili teve de enfiar os dedos na boca para não soltar uma gargalhada. Mamãe também se divertiu com o incidente, mas eu sabia que ouviria até o fim dos meus dias as palavras daquela peculiar estrofe do *Aufschwung*, que era uma das minhas obras prediletas.

Demorou certo tempo até que a porta voltasse a se abrir. Dela saiu uma mulher robusta.

— Por favor, sigam-me — disse secamente.

Cordiais, nós a seguimos até uma sala com dois pianos de cauda ocupando toda a largura, em uma estranha configuração, com os teclados de frente um para o outro. De resto ainda havia um divã coberto com um oleado castanho-escuro. Abaixo e acima dos pianos se viam pilhas de partitura, e ao longo das paredes havia prateleiras cheias de livros de encadernação negra e dourada que davam a impressão de terem sido comprados por metro.

Com a voz trêmula, um resquício da recente crise de riso, tia Eva nos apresentou à sra. Knieper, que tinha a aparência de uma leoa enjaulada.

Usava uma túnica de flanela cinza à moda grega e começou dizendo que não estava acostumada a receber alunos iniciantes acompanhados de todo um regimento. Para mim ela faria uma exceção, porque eu vinha do campo e não conhecia a cidade grande. Com um simples gesto na direção do divã, deu a entender que o regimento poderia permanecer ali, contanto que não atrapalhasse a aula.

Foi sentar-se junto a um dos pianos, acenou para que eu me aproximasse e me examinou dos pés à cabeça.

— Quer dizer então — disse com sarcasmo — que temos aqui uma menina prodígio.

— Ah, não, senhora, não sou nenhuma menina prodígio — respondi, assustada, deixando-me levar pela saudável repulsa que meu antigo professor tinha me passado em relação a essas infelizes criaturas. Por puro acaso havia dado a única resposta correta.

— Às vezes as crianças são mais sensatas que os supostamente adultos — concluiu a sra. Knieper.

Ela me olhou de repente com mais simpatia, mas jogou a cabeleira para o lado da tia Eva. A coitada havia me enchido de elogios e, por isso, despertado a ira da leoa.

No alto do piano em que me encostei, entre pilhas de partituras, assomava uma grande fotografia na qual se viam os contornos de uma juba leonina.

— Posso ver a fotografia da senhora de mais perto? — perguntei, e mais uma vez acertei em cheio.

— Que interessante! — sorriu a sra. Knieper, satisfeita. — Você também acha que sou eu. É o que todo mundo pensa, mas dê uma olhada de perto.

O trio no divã escorregadio me lançou olhares de admiração por eu ter conseguido domar a fera em tão pouco tempo. Mas bastou ter o retrato nas mãos para estragar tudo ao dizer:

— Ah! Não! É a Leona Frey, e ela não se parece nada com a senhora.

Através da névoa da fotografia, tinha reconhecido os olhos astutos e a boca espirituosa da renomada pianista. Sua juba selvagem também caía sobre os ombros e ela vestia uma túnica grega como a sra. Knieper.

Na parte inferior do retrato, Leona dirigia uma pomposa dedicatória à sua "querida colega pianista", com a caligrafia longa e angulosa muito comum às mulheres famosas.

A sra. Knieper disse maliciosamente que Leona e ela eram regularmente tidas como gêmeas e que não tinha tempo para bobagens, e estava na hora de eu começar o que tinha ido fazer, ou seja, tocar piano e mostrar o que sabia.

Então ela ouviu de olhos fechados as duas primeiras páginas do rondó para piano em dó maior de Beethoven, acenou para que eu parasse e perguntou que outras obras meu antigo professor pretendia me fazer estudar se eu tivesse ficado no campo.

— O *Concerto italiano* de Bach — respondi, com certo orgulho.

Com um tom meloso que deveria ter me alertado, a sra. Knieper perguntou:

— E por que não, logo de cara, a *Appassionata*?

Eu caí na armadilha como um coelhinho.

— A senhora acha mesmo que eu conseguiria?

Enquanto soltava uma sonora e maldosa gargalhada, fez sinal de que me postasse a seu lado.

— Mesmo um pianista que tenha estudado durante vinte anos com os maiores maestros e tenha bebido até a última gota do cálice de dor e prazer que a vida tem a oferecer hesitaria em tocar a *Appassionata*. E você, uma menina boba, acha que já estaria pronta!

Suas mãos musculosas me agarraram pelos ombros e me sacudiram com força. O hálito da sra. Knieper entregava que antes de chegarmos ela havia esvaziado alguns cálices, mas de conhaque. Ela falou por cinco minutos seguidos e me arrasou com habilidade naquele curto espaço de tempo.

Aquelas que me rodeavam, que me mimaram e superestimaram, também ouviram umas poucas e boas. Por fim, a sra. Knieper disse que em alguns anos conseguiria corrigir muitos dos graves erros que manchavam minha execução, ainda que os mais persistentes fossem irreversíveis. Em seguida, pediu os honorários de três meses adiantados, uma quantia impressionante em milhões que mamãe pagou sem nem pestanejar. Um milhão a mais ou a menos no nosso caso não fazia diferença. A sra. Knieper me daria aula uma vez por semana à mesma hora e, para a primeira sessão, eu deveria estudar três escalas. Durante seis meses eu não poderia tocar nada além disso. Antes de partirmos, quis que ouvíssemos como alguém da minha idade podia fazer música.

Foi até à porta e bradou:

— Hä-ä-änschen! — ao que entrou o menino com cara de camundongo. — Você ouviu como esta menina tentou tocar Beethoven. Mostre como se toca — ordenou a sua mãe.

Hänschen não se fez de rogado. Seus dedos hábeis conseguiram extrair toda a tranquilidade e suave brandura contidas naquele simples rondó, e, para piorar, as sinuosidades do árduo trecho com o qual eu lutava não lhe apresentavam a mínima dificuldade.

Fiquei arrasada.

Depois que Hänschen meneou a cabeça em sinal de agradecimento por nossos aplausos e deixou a sala, a mãe me lançou um olhar penetrante.

— E então, o que você tem a dizer?

Tia Eva veio em meu socorro.

— Uma beleza — disse.

A sra. Knieper a pôs em seu lugar, dizendo que tinha dirigido a pergunta a mim.

Com o coração partido tive de reconhecer que Hänschen tinha sido maravilhoso e que era um grande pianista.

— Pelo menos você é sincera — elogiou. — Sim, ele tem um talento excepcional. Ficará mais um ano comigo e depois vou confiá-lo à Leona. Agora pode ir, e eu a espero aqui na semana que vem com as três escalas estudadas, sem acompanhamento.

Riu sonoramente da própria piada e, com um de seus amplos acenos de mão, nos expulsou do aposento. O vestíbulo estava envolto em profunda escuridão. Tateando e nos esbarrando, conseguimos por fim encontrar a porta da rua.

Do lado de fora mamãe, que tinha ouvido o seu falcão ser rebaixado à mais frágil das corujas, começou a caminhar em um silêncio trágico, olhando fixamente para a frente.

Tia Eva se desfez em pedidos de desculpas e se ofereceu para restituir os milhões pagos antecipadamente, dando por certo que não havia quem voltasse àquela bruxa. Mas eu estava decidida a ter aulas com a sra. Knieper, e fingi não ter medo algum.

Mili disse que Hänschen era um garoto idiota e que nunca tinha ouvido alguém tocar piano tão mal.

Um julgamento inteiramente infundado, mas serviu para levantar o astral.

Depois da visita à sra. Knieper, mamãe e eu passamos uma semana embriagadas por nossa repentina condição de milionárias. Para ela, que nos últimos anos havia estado contando minuciosamente cada centavo para depois pô-lo de volta na carteira, era uma maravilha poder comprar tudo o que tivesse vontade. Papai se recusou a participar de nossa compulsão consumista. Cada vez mais triste, afirmou que, por sorte, seus pais se salvaram da vergonha de ver como o filho, que partira de seu país natal como um homem honesto, em seu retorno se converteu em um *Schieber*. Eu não sabia o que vinha a ser um *Schieber*, mas não tinha tempo nem vontade de me aprofundar no tema. Com auxílio da tia Eva, que conhecia as melhores lojas, minha mãe renovou o meu guarda-roupa e o dela. Claro, me comprou a milésima roupa de marinheiro, com a diferença que a nova era de um tecido felpudo vermelho escarlate com a gola de seda azul-celeste enfeitada com trancelim prateado: uma fantasia perfeita para um macaco sentado diante de um realejo.

Após nossas incursões, voltávamos felizes ao nosso paraíso de madeira maciça. A sala abrigava um piano de cauda Bechstein de dois metros de comprimento em que me sentava para praticar sem parar as escalas da sra. Knieper. De vez em quando aparecia a noiva-escrava de Helmut e pedia que eu lhe tocasse alguma peça, enquanto ficava soluçando baixinho num canto da sala. Eu queria acreditar que a mestria das minhas execuções era o que tanto a comovia, mas, sem que pedíssemos, ela sempre nos contava os novos atos de maldade cometidos pela Besta Loira. Mamãe consolava a infeliz com bombons e uma taça de licor e depois, novamente entregues à vida fútil de Berlim, nos esquecíamos dela e de sua tristeza.

Bebíamos chá na avenida Unter den Linder, e, para meu assombro, comíamos com frequência em estabelecimentos não judaicos. Para mim era inexplicável como os meus pais conseguiram conciliar esse novo costume a sua consciência *kosher*, mas eram lugares tão impressionantes e agradáveis que eu evitava tocar nesse assunto tão delicado. Naquela semana encontrei pela primeira vez um rapaz de quem eu gostei. Um primo distante que desenhava muito bem. Quando falei a Mili sobre ele, ela logo me perguntou se eu estava apaixonada. Claro que não, só o achava muito simpático!

— Impossível — disse Mili. — Você pode achar uma menina simpática, mas com os meninos fica apaixonada.

O auge dessa semana gloriosa foi a visita a uma opereta-para-gente-grande. Mili já tinha desfrutado várias vezes da noite berlinense com os pais e, com muito conhecimento de causa, comentava, enquanto analisava o programa, sobre as diversas estrelas que brilhavam no firmamento do teatro.

— Esse elenco é bastante *Schmiere* — disse.

Eu preferia morrer a perguntar o significado daquela palavra. Ainda que fosse desconhecida para mim, entendi que tinha um sentido pejorativo, mas me custava muito disfarçar a minha admiração por tudo o que acontecia no palco, pois não era pouco.

Havia homens em um uniforme de um azul heráldico cantando e, de repente, uma linda dama loira saiu da moldura de um quadro para dentro de um quarto que certamente não era dela. Entoou um emocionante dueto com o cavalheiro com o uniforme mais bonito, cheio de borlas douradas. Pouco depois, as luzes se apagaram. Quando voltaram a se acender a bela dama tinha desaparecido, o que teria me levado às lágrimas se não fosse por não querer chorar na frente de Mili. Ao sairmos do teatro, fomos jantar num restaurante com decoração espanhola. Os garçons estavam vestidos de toureiros e em um palco pouco maior que uma toalha de mesa um casal de dançarinos executava um tango. Os seus olhos negros cintilavam, os dentes alvos refulgiam, as castanholas estalavam, as saias coloridas da senhorita esvoaçavam, os pés ágeis do bailarino pateavam, produzindo um rufar sobre o piso, e as minhas lágrimas corriam soltas.

— Ela está embriagada — disse Mili. — E ainda tem que se acostumar à vida numa grande cidade.

Eu mal tinha provado da minha taça de vinho branco, mas não conseguia processar tanta felicidade.

No final daquela semana, um tal de dr. Hjalmar Schacht interferiu no mercado, e, de uma hora para a outra, voltamos a ficar pobres como antes.

Papai disse não estar surpreso com a reforma monetária, muito pelo contrário: estava convencido de que o dr. Schacht tinha esperado a sua chegada antes de implantá-la.

Quando o valor do aluguel foi exigido em *Rentenmarken*, os chamados marcos seguros, não tínhamos como fazer frente à despesa. Sob as maldições de Helmut e de sua mãe, fomos obrigados a deixar o apartamento. A noiva pálida chorou e me entregou uma caixa de chocolate de presente de despedida. Estávamos na rua, e um bom conselho era quase tão caro como uma nova casa.

Já à noite, após uma tarde de tentativas vãs, batemos à porta do tio Wally e da tia Eva para nos aconselhar. Ainda que também sofressem as consequências da hábil manobra do dr. Schacht, tio Wally tinha conseguido juntar no semestre anterior dinheiro suficiente para se sustentarem pelo menos por um tempo.

— Acalmem-se — aconselhou. — Depois que passar o susto, vamos achar uma maneira de voltar a fazer negócios.

— Não para mim — disse papai. — Amanhã eu vou para a Holanda em busca de emprego. Thea e Gittel vão ter que se conformar com um alojamento barato até que possam voltar a me encontrar.

A tia Eva já tinha encontrado quartos para alugar na casa bem em frente à dela.

— Bem melhor, porque era muito chato quando foram morar tão longe — consolou ela em um tom amável.

Ela nos acompanhou ao nosso novo lar. Os Blumenfeld eram um casal melancólico e triste que logo expressou seu desgosto por terem de ceder uma parte de sua espetacular moradia a desconhecidos.

— Com os Ray era diferente — reclamou a velha senhora —, eles eram amigos. A sra. Ray iluminava a casa com a sua presença, e o sr. Ray era um verdadeiro gentleman.

Ainda ouviríamos muito sobre nossos predecessores. Em cada quarto havia um retrato grande e brilhante do jovem e reluzente casal. Cederam-nos dois quartinhos sombrios pelos quais, porém, pediam um valor surpreendentemente baixo.

No dia seguinte papai partiu, e Mili e eu voltamos a ir juntas à escola. Toda manhã, no caminho de ida, um homem careca de óculos e barba pontuda nos soprava beijos de uma janela do primeiro andar. Aquilo nos parecia tão engraçado que lhe devolvíamos os beijos, gesticulando exageradamente. Ele parecia achar o gesto muito agradável, pois abria a janela e nos atirava uma boa quantidade de bombons empoeirados, que interceptávamos no ar com grandes mostras de alegria e gratidão. Assim que dobrávamos a esquina, nós nos desfazíamos deles, porque Mili dizia que comer chocolate de homens desconhecidos tinha inevitavelmente como consequência a loucura ou a morte. Quando a babá nos acompanhava, o nosso amigo careca se escondia covardemente por detrás das cortinas.

Odiava tanto a escola que não me lembro do edifício nem de seus ocupantes.

Os Blumenfeld me deixavam tocar piano por uma hora e meia por dia em um esdrúxulo instrumento cuja parte dianteira era feita de uma seda verde puída e enrugada em vez de madeira, o que prejudicava o seu som. O pouco marfim que restava nas teclas me arranhava os dedos a ponto de sangrar, mas eu me recusava a abandonar a luta, por mais injusta que fosse, porque a sra. Knieper era impiedosa. Os noventa minutos ao piano dos Blumenfeld se consumiam integralmente na restrita dieta de arpejos e escalas, difícil de suportar, mas excelente para a minha saúde musical. O pior de tudo era o fato de que, ao fim de cada aula, supostamente para me encorajar, ela chamasse Hänschen para tocar as peças que eu havia acabado de executar. Verde de inveja, era obrigada a ouvir como o garoto tocava "a minha" sonata de Mozart e "as minhas" *Cenas infantis* de Schumann com perfeição.

Para a sra. Knieper os Países Baixos estavam reduzidos a campo ou província, um deserto cultural inteiramente desprovido de grandes artistas. Certa vez, quando ousei citar Mengelberg e Dirk Schäfer, ela afirmou toda orgulhosa que os dois eram alemães e que haviam tomado corajosamente a ingrata iniciativa de levar àquela região atrasada um mínimo de cultura, mas que ela mesma tinha sérias dúvidas de que a missão fosse bem-sucedida.

Mas seus relatos sobre Leona Frey eram uma grande compensação. A amizade de Leona era a glória e a miséria na existência da sra. Knieper. Ela venerava a grande artista ao mesmo tempo que a invejava mortalmente.

Tinham nascido na mesma localidade, foram juntas ao conservatório e compartilharam, no exame final, o primeiro prêmio. Em seguida a sra. Knieper tinha cometido a grande besteira de se apaixonar e se casar. Leona tinha sido mais ajuizada ao viver "à la carte" (não tinha a menor ideia do que isso significava, mas não me atrevi a perguntar). Graças a seu estilo de vida, Leona alcançou o auge da fama. Em minha opinião, devia ser uma boa pessoa, porque todo ano, quando tocava em Berlim com a orquestra filarmônica, se hospedava na casa dos Knieper, o que não podia deixar de ser um grande sacrifício. Além disso, aproveitava a estadia para realizar um concerto aos amigos e alunos da sua antiga companheira de estudos na mais estrita intimidade. Os três melhores alunos eram apresentados a Leona e podiam apresentar-se diante dela, disse a sra. Knieper, acrescentando, sem que fosse necessário, que eu não estava entre eles. No entanto, eu poderia assistir ao recital, contanto que não tivesse voltado para a província.

Agradeci a ela com entusiasmo pelo convite e lhe assegurei que não havia a menor probabilidade de que eu voltasse aos Países Baixos nos meses seguintes.

9

As cartas de papai não eram nada animadoras e pareciam indicar que nosso exílio estava longe de acabar.

A sra. Knieper tinha ido com Hänschen a uma estação de esqui na qual se encontraria com Leona. A pianista passou com eles o Natal e o Réveillon, combinando a estadia tanto quanto possível com as suas turnês.

Os Blumenfeld disseram que o sr. Ray havia se apresentado um dia antes do Natal do ano anterior com um peru de dez quilos e que no Réveillon o champanhe havia corrido como água. Não tínhamos como competir. No dia 24 de dezembro, mamãe acordou com uma forte dor de garganta. Estava com febre alta. No andar superior vivia um médico, que fui chamar seguindo o conselho da sra. Blumenfeld. Tinha a mesma idade dos nossos senhorios; repreendeu mamãe por fazer um escarcéu por "um resfriado de nada". Como estava de férias, pude desempenhar o papel de enfermeira. Quando fui avisar a tia Eva que mamãe estava resfriada, ela foi logo perguntando:

— Por que você não vem passar a véspera de Natal hoje à noite com a Mili? Tio Wally e eu vamos a uma festa. A casa ficará para vocês. Aí você vai de hora em hora ver como está a sua mãe.

Mamãe ficou cada vez pior. De olhos fechados e bochechas vermelhas, não parava de pedir gelo com uma voz quase ininteligível. Os Blumenfeld se mantiveram afastados, e o médico não voltou. Com a sensação de estar cometendo um delito, peguei o que restava de dinheiro da bolsinha de mamãe. Eu precisava arranjar gelo de qualquer maneira. Depois de correr de um lado para o outro, comprei meio bloco de gelo de um galinheiro. Com a carga gelada, dura e pingando, voltei para casa, tremendo de frio, e pedi ao porteiro um martelo emprestado.

Meus esforços foram recompensados, porque o gelo esmagado foi capaz de aliviar um pouco a minha mãe doente. Como ainda me sobravam alguns marcos, voltei a sair, disposta a gastá-los da melhor forma possível. Comprei uma sacola de merengues de chocolate, que Mili e eu admirávamos todos os dias a caminho da escola na vitrine de uma confeitaria onde estavam empilhados em toda a sua fulgurante glória formando uma imensa torre marrom. Eu levaria a metade para Mili como contribuição à festa natalina, e a outra metade ficaria para mamãe assim que ela estivesse outra vez em condições de comer. Não pude resistir à tentação de experimentar uma das delícias que havia semanas eu admirava com água na boca.

Foi uma amarga decepção, o merengue estava queimado; todos estavam queimados, e cinco preciosos marcos tinham sido jogados no lixo.

Passei o resto do dia cuidando da minha mãe e, à noite, fui à casa de Mili de mãos abanando. Tia Eva havia preparado um impressionante bufê e usava um deslumbrante vestido de festa vermelho-escuro. Tio Wally vestia um smoking azul-celeste.

Para nos animar, Mili e eu decidimos admirar as árvores de Natal do bairro. Eram muito bonitas, e comentei que era muito simpático da parte dos moradores não correrem as cortinas, permitindo que quem não tivesse costume de montar árvores natalinas, como nós, judeus, pudessem desfrutar da visão.

— Mamãe queria uma árvore de Natal — disse Mili. — Ela gosta de participar de todas as atividades. Se os hotentotes tivessem algo para festejar, ela também participaria. Ela mesma diz.

Entramos em uma rua lateral que me pareceu muito familiar. *Se a percorresse até o fim, na Antuérpia, veria a casa do sr. Mardell, do outro lado da rua, tocaria a campainha e Bertha abriria a porta.*

Não seria desagradável receber um de seus beijos molhados.

— Veja só, Gittel, que surpresa! Como é que você veio parar aqui? A Lucie vai ficar radiante! E como vai o senhor seu pai?

Pois é, como ia o meu pobre pai? Ele deveria estar passando fome num quarto no sótão, escrevendo uma carta para nós à luz bruxuleante de uma vela.

Mamãe, doente; papai, passando fome num sótão, enquanto eu andava em círculos numa cidade desconhecida como uma mendiga. Não, não íamos nada bem, mas não precisaria dizer isso à boa Bertha.

Menie, Salvinia e Gabriel viriam me cumprimentar; ou melhor, não, porque já era noite, deviam estar em casa há um bom tempo. Ou será que Gabriel teria ficado trabalhando até tarde? Nesse caso Lucie e eu poderíamos dar um passeio com ele ao longo do Escalda enluarado. O sr. Mardell abriria a porta cor de mel do escritório e me convidaria a ver as suas pinturas, dizendo:

— Amanhã a "casa em outubro" voltará para o antigo lugar.

Eu me alegraria até mesmo de ver a senhora com a barriga verde.

... e Lucie, minha querida Lucie; como pude me esquecer de você por tanto tempo?

— Olá, macaquinha — *cumprimentaria ela, que me dizia de vez em quando:* — Sua macaquinha travessa, por que você não tem escrito? Não acha que está sendo ingrata e injusta com a gente? Sempre fomos tão simpáticos com você.

— Eu achei que agora você só quisesse saber do Gabriel.

— Que besteira!

Sim, a decisão estava tomada: eu lhe escreveria assim que arranjasse um selo. A casa de vovó também não era de desprezar, com seu irresistível cheiro de comida.

Nesse momento o cotovelo ossudo da babá bateu em minhas costas.

— No que está pensando? Já perguntamos três vezes se quer voltar para casa e você parece que está surda. Onde está sua cabeça?

— Na Antuérpia. Eu estava pensando em como gostaria de estar lá.

— Para ser bem sincera com você — disse a babá inesperadamente —, eu também já tive a minha dose de Berlim. Eu gostaria que seus pais voltassem para a Holanda. Você não, Mili?

Para quê? Mili adorava Berlim, com tantas pessoas, tantos rostos desconhecidos, atrás de cada um deles havia uma história diferente.

— Uma história? — perguntou a babá, tão perplexa quanto eu.

— Sim, em cada rosto, uma história, e quase sempre ela é bem diferente do que seu dono conta sobre si mesmo — explicou Mili —, mas vamos para casa. Depois de jantar acenderemos as estrelinhas. Uma beleza que só vendo — disse Mili.

Quer dizer que a ideia de voltar para a Holanda a repugnava? Nada disso, lá também havia um monte de pessoas e um monte de rostos diferentes.

Entrei um instante para ver minha mãe, que estava dormindo, então eu pude voltar despreocupada às festividades. Acabamos de comer todas as delícias que a mãe de Mili tinha deixado para nós, até que a babá apareceu com as estrelinhas. Cada uma de nós ficou com uma dúzia de varetas longas e finas, que brandíamos no ar após acendê-las cuidadosamente com fósforos, o que gerou uma chuva de estrelinhas de fogo que logo em seguida se apagavam. Quanto mais forte girávamos as varetas, mais estrelas apareciam. Era emocionante. Às dez eu me despedi, para alegria da babá, sempre tão feliz ao me ver partir. O porteiro, que costumava vigiar a entrada da casa, estava de folga por causa do Natal. Seu posto na guarita de vidro aos pés da escada estava ocupado por uma mulher gorda e velha que fez sinal para que eu me aproximasse.

— Você mora do outro lado da rua, na casa dos Blumenfeld, não é? E sua mãe está doente, não é?

— Sim, senhora.

— O que ela tem?

— Dor de garganta — respondi, surpresa pelo interesse da mulher desconhecida que ria tão prazerosamente mesmo com uma situação daquela gravidade.

— Era mesmo o que eu imaginava. Uns canalhas! Sua mãe deve estar com difteria. A antiga inquilina dos Blumenfeld, a sra. Ray, morreu disso. Aposto que vocês não sabiam, não é? Os cafajestes omitiram isso, não é?

Ela se sacudia toda ao rir.

— O médico, claro, fazia parte do complô.

Ela arfava de tanto rir. Mas ao ver que eu estava a ponto de explodir em lágrimas revelou-se uma dessas piedosas natas que, por causa do intenso prazer que encontravam no sofrimento alheio, tinham generosidade e dedicação de sobra. Então me convidou a ficar com ela na guarita até o fim do seu turno, depois disso ela iria comigo a outro médico, um que não tivesse parte no complô dos Blumenfeld.

— Ele certamente vai confirmar que sua mãe tem difteria e que tem que ir ao hospital. Mas o que vai acontecer então com você, pobre criança, sozinha numa cidade desconhecida?

Ela tirou do fundo da bolsa de palha dois jogos de cartas de baralho. Para matar o tempo, me ensinou alguns jogos de cartas, e eu lhe ensinei outros. O porteiro da madrugada chegou por volta da meia-noite. Teve de ouvir toda a história, detalhadamente contada pela boa samaritana, e a elogiou muito pelo seu coração de ouro. Esta telefonou a um médico que morava no edifício e que, pelo que ela sabia, estava dando uma festa natalina em casa.

Dez minutos depois apareceu diante da guarita um homem magro de meia-idade em roupa de festa, bravo por ter sido tirado da sua noite festiva.

Pouco tempo depois, estávamos os três à cabeceira de mamãe. Ela continuava dormindo. O médico a despertou e a examinou minuciosamente. A febre havia baixado, e a dor de garganta, sido aplacada.

— Não é difteria — constatou, para desapontamento do meu anjo salvador.

— Ainda assim alguém tinha de colocar os Blumenfeld em seu lugar — disse ela. — O senhor poderia fazer isso, doutor.

— Nem pensar. Agora vou voltar para casa.

A porteira, porém, achou que merecia uma recompensa após tanta paciência e caridade. Foi até o quarto dos Blumenfeld e passou uns bons quinze minutos vociferando com os pobres coitados.

Depois, toda satisfeita, se pôs a preparar um café. Eu lhe dei os merengues de chocolate e, para minha surpresa, ela comeu com gosto.

Quando finalmente foi para casa, tentei escrever a Lucie.

Querida Lucie,
Minha querida Lucie,
Cara Lucie,

Não conseguia passar do cabeçalho. E se eu escrevesse ao pai dela? Com ele eu sempre falava com facilidade.

Prezado sr. Mardell,
É Natal, e eu estou em Berlim, e não é tão divertido quanto se pode imaginar...

A carta acabou tendo quatro páginas.

Um dia após o Ano-Novo, recebemos notícias de papai. Havia encontrado emprego e vovó financiaria a nossa viagem de volta. Mamãe previu que teríamos de dormir no chão um ano inteiro, porque havíamos vendido praticamente todos os móveis. Apesar dessa perspectiva, estávamos muito felizes de voltar, enfim, para a Holanda.

Nem vimos os Blumenfeld. Eles nos deixaram partir sem nos cobrar um mês extra de aluguel.

A tia Eva preparou um jantar divino de despedida e nos confidenciou que também já estava mais do que farta de Berlim.

— Desta vez sou eu quem vai escrever uma carta a mim mesma afirmando que em três meses vamos estar em casa.

Minha esperança de poder ir à Antuérpia logo que voltássemos foi frustrada.

Vovó, que, além de custear a nossa viagem, tivera de emprestar dinheiro a papai para adquirimos o essencial, ainda não estava disposta a nos receber.

10

Quando chegou o correio, o sr. Mardell tinha respondido às minhas queixas natalinas com uma carta tão solene quanto afetuosa. Lucie mandava lembranças carinhosas. E, assim que pude, lhes passei o nosso novo endereço.

Papai tinha alugado um apartamento com uma mobília assustadora em Scheveningen. Infelizmente, um apartamento térreo. Como no passado, vivíamos com dificuldades, mas, depois de nossa passagem pela casa dos Blumenfeld, aquela existência era paradisíaca.

O primeiro passeio de domingo após a nossa volta tinha sido ao Mauritshuis, onde fui recebida pelos vigilantes como a filha pródiga.

— Ah, senhor! Que bom que ela está de volta, hein? — diziam a meu pai, que, pelo visto, tinha buscado mais de uma vez consolo nos quadros e nos amáveis velhinhos.

O reencontro com meu antigo professor de piano foi diferente de como eu imaginava. Eu queria omitir as críticas mordazes da sra. Knieper, mas ele expressou o desejo de ouvir todas as peças novas que eu tinha estudado enquanto estive fora, me obrigando a confessar, gaguejando e ruborizada, o episódio vergonhoso das escalas. Depois de me pedir para executar algumas, com os arpejos correspondentes, ele resmungou que a velha bruxa pelo menos sabia ensinar e, com a irracionalidade inerente aos adultos, no instante seguinte sua raiva se voltou para mim. De acordo com o que me disse, por eu ser sua aluna mais nova, tinha me tratado com muita condescendência. Isso havia acabado, e, embora não fosse tão severo como a sra. Knieper, não me deixaria começar a estudar o *Concerto italiano* de Bach enquanto não executasse o rondó de Beethoven tão bem como o tal moleque.

Após seis semanas, Mili, os pais e a babá também voltaram. Instalaram-se na casa do avô Harry enquanto buscavam uma casa de que gostassem. Mili e eu agora íamos a uma escola de Scheveningen. Dessa vez ela estava com mais dificuldade de se adaptar do que eu, já que tinha vivido mais tempo em Berlim e se divertido por lá, mas, após uma semana recitando o poema que lhe dava consolo a caminho da escola, logo se transformou no centro das atenções da turma.

Enquanto isso, vovó não dava sinal de vida.

Eu continuava me correspondendo com o sr. Mardell desde aquele grito de socorro natalino que lancei quando estava em Berlim. Embora não me atrevesse a escrever diretamente a Lucie, sabia pelo pai que estava bem. Ele me mandava regularmente programas de concertos a que assistia e, às vezes, até uma avaliação pessoal. Já fazia mais ou menos seis meses que estávamos de volta quando recebi dele uma crítica extremamente profissional sobre a apresentação do violinista Jacques Thibaud. No pós-escrito ele informou: *Sem dúvida você se alegrará ao saber que a sua avó e a fiel Rosalba se encontram com muito boa saúde. Ontem mesmo pude comprovar pessoalmente. Por sua vez, elas adorariam recebê-las logo aqui.*

Um dia depois, recebemos uma carta de vovó em que nos convidava insistentemente a ir passar uns dias em sua casa. O curioso foi que, quando chegamos, ela se alegrou de verdade.

Rosalba se ofereceu para me ajudar a desfazer as malas.

No quarto de hóspedes, ela segurou meu rosto entre as mãos ásperas.

— Você sabe que eu teria escrito se eu pudesse — sussurrou.

Então assumi o papel que me cabia na comédia de vovó.

— Claro, com tanto trabalho, onde você ia achar tempo?

Ela balançou a cabeça:

— Não seja boba... não é nenhuma vergonha eu não ter tido oportunidade de aprender a ler e escrever.

Era, sim, uma vergonha, mas não da parte dela. Naquele momento percebi quanto eu amava Rosalba, e acho que ela sabia.

Quando meus dois tios mais novos voltaram para casa de suas atividades — o tio Fredie estudava direito em Bruxelas e o tio Charlie estava metido com "os diamantes" —, ambos acharam que eu tinha mudado para melhor. Havia chegado a hora de contribuir com minha cultura geral. O tio Charlie me trouxe alguns dias depois uma caixa de madeira repleta de cartas.

— Leia isto aqui — disse. — Mas, se você um dia tiver o desplante de escrever algo assim, eu acabo com você.

Eram cartas de inúmeras admiradoras que ele descartou. Apesar de ser baixinho e feio, tio Charlie sabia que era capaz de encantar qualquer mulher que quisesse, e até convenceu tio Fredie, bem mais bonito que ele, a lhe pagar em troca da promessa de estar ausente cada vez que este levasse para casa uma nova namorada. Quando vez ou outra o atormentado tio Fredie não estava disposto a aceitar essas práticas de extorsão, podia ter certeza de que o tio Charlie lhe roubaria a presa, ainda por conquistar, sem a menor dificuldade.

Eu não tinha interesse algum nos escritos das vítimas do meu tio e disse a ele que papai me ensinou que era uma infâmia ler a correspondência alheia.

— Agora essas cartas são "minhas" e sou "eu" que estou pedindo para que leia. Vá em frente.

Li algumas, a contragosto.

— Alguma coisa lhe chama a atenção? — perguntou tio Charlie, em um tom insuportavelmente pedante.

— Que quase todas terminam assim: "e agora vou tomar um banho e dormir".

— Exatamente — elogiou o tio Charlie. — Se você vier a escrever algo parecido a um homem, como eu já disse, acabo com você, porque é a paquera mais idiota e barata que existe. Nenhum sujeito que se preze cai numa dessas. Por enquanto você ainda não entende, mas se lembre disso para o futuro.

Resmungando de raiva, disse que pouco me valiam conselhos para o futuro e que, de qualquer forma, o tio Wally também já tinha me dado alguns.

— É mesmo? — exclamou, ávido, o tio Charlie, curioso por natureza. — Do que se trata?

O tio Wally tinha dito:

— Quando for maior e estiver casada, não deve dar atenção a galanteios de outros homens. Eles pensam: uma situação estável não apresenta riscos — e, parando para refletir, prosseguiu: — Nunca se esqueça: vale mais um prato de sopa de ervilha servido calmamente na sala de jantar que caviar engolido às pressas na cozinha.

Quando lhe pedi que me explicasse melhor, ele se recusou, e o tio Charlie se limitou a afirmar, com um sorriso irônico, que eram excelentes conselhos. E o que eu ganhava com isso?

A contribuição do tio Fredie à minha educação se dava em outro plano, muito diferente e bem mais agradável. Ele era um rato de biblioteca e me dava para ler tudo o que se publicava em nossa língua. Entretanto, me obrigou também a gravar longas passagens de prosa e poesia, que eu deveria recitar para os seus amigos com os gestos e a entonação que ele considerava adequados. Aquilo era uma verdadeira tortura, porque os garotos se esborrachavam de rir diante do espetáculo absurdo.

Quando se apaixonava, tio Fredie escrevia versos muito apreciados pela dama à qual eram dedicados, por ele e por mim, mas chegava logo a hora em que aquilo se tornava inviável, pois vivia se apaixonando e quase todas as semanas trocava de namorada. Por falta de tempo, não teve escolha senão inventar um poema polivalente, como:

Na minha casa há um relógio impoluto,
E a cada hora ou a cada minuto
Me diz o relógio impoluto:
Marie..., Marie..., Marie...

Há muitas árvores na floresta,
Altas ou velhas vivem em festa,
O que sussurram as árvores da floresta?
Marie..., Marie..., Marie...

Havia também uma estrofe sobre umas ondas "cobrindo a areia" e uns pássaros e riachos que reproduziam, cada um a sua maneira, "Marie... Marie... Marie...". Até que uma moça mais atraente conquistasse temporariamente o seu caprichoso coração e os protagonistas do poema passassem a murmurar, farfalhar, sussurrar e cantar esse outro nome. Quando seus amigos gostavam de alguma jovem com especial sensibilidade poética, ele também emprestava os poemas.

* * *

Minha avó tinha ficado tão encantada com o sr. Mardell durante sua visita que me incentivou a ir vê-lo sem demora, embora antes parecesse irritada por eu gostar tanto de estar na casa do outro lado da rua. Bertha me recebeu com um grito de alegria e dois beijos molhados nas bochechas.

— Como você cresceu! Quantos anos tem agora?

— Treze, srta. Bertha.

Perguntou-me também se, enquanto isso, já tinha me tornado uma menina crescida. Sim, esse assunto já estava resolvido.

Lucie desceu as escadas. Estava magra e pálida. Abraçou-me com força e pendurou no meu pescoço uma correntinha de prata com um coração grená.

— Para celebrar que voltou sã e salva — disse ela. — Mas vá logo conversar com o papai, ele quer saber tudo sobre a sua estadia em Berlim. Quando terminar, suba para tomar seu chocolate quente.

E me deu um beijo em cada bochecha, cheirando como sempre a lírios, e voltou a subir.

Lucie não se interessava por minha aventura em Berlim.

O sr. Mardell saiu do escritório e me cumprimentou com um sorriso alegre e um cordial aperto de mãos. Uma de suas qualidades era que não dava nem esperava beijos.

Para meu espanto, de repente "enxerguei" todos os seus quadros. Perguntei se havia algum novo. Não, por enquanto não sentia falta de mais nenhum. Agora estava mais interessado em máscaras e estatuetas primitivas. Ele me mostrou algumas de que não gostei nem um pouco.

— Mas o seu pai diz que eu sei o que é belo antes que os outros o saibam.

Rimos juntos ao nos lembrarmos da minha primeira visita. O sr. Mardell me fez todo tipo de pergunta sobre o marco alemão, o dr. Schacht e a sra. Knieper.

Em sua opinião, era muito bom ter que encarar as primeiras críticas negativas tão nova, porque essas críticas eram sempre mais instrutivas que os elogios, já que, para começar, serviam para conhecer os amigos de verdade. Falei sobre o que Mili achava de Hänschen. Ele perguntou se ela continuava sendo tão esperta e querida como antes e disse que, mais tarde, se eu realmente começasse a realizar concertos, perceberia que, curiosamente, algumas pessoas nunca leriam os jornais ou revistas que contivessem uma crítica favorável.

O sr. Mardell teve a oportunidade de admirar Leona em diversos concertos e, certa vez, até a encontrara num jantar oferecido por amigos. E, não, ela não era simpática, e sim espirituosa e vaidosa.

— Os grandes artistas costumam ser tudo, menos amáveis — disse o sr. Mardell. — Nem precisam ser.

Já faziam o suficiente escrevendo bons livros, pintando quadros magníficos ou, no caso de Leona, tocando tão bem. Havia muitas pessoas no mundo que só sabiam ser simpáticas. Eu me senti obrigada a defender Leona: sua longa amizade com os Knieper não era uma prova contundente de seu caráter afável? O sr. Mardell não estava de acordo.

— Todo mundo tem necessidade de um Theo — disse ele. — A sra. Knieper é o Theo da Leona. — Retirou de uma estante um livro com reproduções das pinturas de Van Gogh. Ele me explicou que a árdua vida do pintor teria sido completamente insuportável sem a dedicação do seu irmão Theoel. — O sucesso de quase todos os artistas se baseia no sacrifício de alguém próximo. Só os muito fortes conseguem seguir adiante sozinhos.

Era uma argumentação interessante e instrutiva, mas agora eu ansiava por ver Lucie. Fiquei contente quando Bertha entrou com o café do sr. Mardell.

— Pode levar lá para cima — disse ele. — Em honra a nossa amiga, e por ser esta sua primeira visita em muito tempo, vou bebê-lo com as damas. Assim, eu a escuto tocar piano e posso comprovar se progrediu.

Enquanto subíamos a escada ele me perguntou se eu já tinha cumprimentado Menie e Salvinia. E não queria que eu ficasse desapontada, mas Gabriel estava em Londres. Fiquei de novo vermelha como um pimentão.

— Ele foi para sempre?

— Não, voltará em seis meses. Ele tinha muita vontade de passar uma temporada na Inglaterra, então busquei um emprego para ele. Está trabalhando para um amigo meu.

Lucie me abraçou de novo enquanto Bertha me servia uma xícara de chocolate fumegante.

— Tudo voltou a ser como antes — suspirei, satisfeita.

A pedido do sr. Mardell, toquei a sonata de Mozart e aguardei, impaciente, sua avaliação. Em sua opinião minha técnica tinha avançado muito. Eu mesma teria notado que a música de Mozart soava diferente. Começava sendo jovial e alegre, e, mais para a frente, bem adiante, eu perceberia quão melancólica e trágica ela se tornaria. Lucie protestou:

— Que besteira, papai. Melancólica e trágica? É a música mais alegre que existe.

O sr. Mardell balançou a cabeça.

— Fico feliz que você não saiba que cada nota que Mozart escreveu diz que tudo o que é jovem tem de envelhecer e morrer, e que toda a beleza é efêmera.

— Exceto sua própria música — observei, meio sem jeito.

— Exceto a beleza de sua própria e divina música — reconheceu o sr. Mardell. — Ele bebeu o café e se levantou. — O trabalho me chama. — Passando por mim, afagou meu cabelo. — Venha sempre que quiser! Estamos muito felizes de recuperar nossa amiga, não é, Lucie?

Nós o ouvimos descer as escadas e, assim que fechou a porta do escritório, Lucie sussurrou:

— Não se esqueça de que você é a única pessoa que sabe sobre mim e o Gabriel.

— Você continua noiva dele?

Havia desejado ardentemente que ela tivesse percebido o erro.

— Sim, claro. O que achou? Que o deixei por ele estar na Inglaterra? Isso, pelo contrário, é motivo de alegria. Mas agora vou lhe pedir um grande favor — disse Lucie, passando o braço sobre os meus ombros. — É melhor parar de falar no Gabriel, porque nesta casa as paredes têm ouvido.

Prometi que seria um túmulo.

De qualquer forma, já tinha ouvido da vovó Hofer mais do que gostaria sobre Gabriel.

Desde que compartilhamos um segredo, sua atitude em relação a mim havia passado por uma completa mudança. Ela se mostrou tão cordial que em mais de uma ocasião me disse:

— Não é necessário ser rico nem bonito. Basta ser feliz!

A essas palavras encorajadoras se sucedeu um relato longo e confuso sobre uma garota feia e pobre que, sem que ninguém esperasse, nos seus anos já avançados, acabou se casando com um bom homem. Então minhas tias e minha avó começaram a enumerar uma lista de mulheres belas e simpáticas de meu meio que ficaram solteironas por não terem um único tostão.

Minhas parentas repetiam diversas vezes, sempre com as melhores intenções, que nunca era cedo demais para que eu me conscientizasse de que eu pertencia aos párias, aos rejeitados deste mundo; no nosso meio, isso se referia às moças sem dote. Se essas pobres infelizes permanecessem solteiras, tendo nascido no seio de uma família supostamente distinta, não podiam tentar ganhar a vida em um escritório ou uma loja. Estavam condenadas a passar o resto de seus dias na casa paterna, como submissas escravas da família, que poderia dispor dia e noite de seus serviços sem remuneração ou reconhecimento. E para as que se casavam sem dote era ainda pior. Uma mulher que não trazia nada ao matrimônio além de si mesma e de seu amor era ignorada. Depois do êxtase da lua de mel, deixava de ser tratada como igual pelo marido. Se possuísse virtudes e competências, era ironizada e diminuída pela família do marido, que a ridicularizaria e arrasaria até que não desejasse outra coisa a não ser que chegasse a sua hora. Por tudo isso, era conveniente saber minha situação desde nova. Não era de estranhar que as mulheres da minha família, entregues à desinteressada e corajosa tarefa de me preparar para esse futuro cruel, por medo de que elas pudessem minar todo o bom trabalho que realizavam com afinco, renegassem os contos de fada da vovó Hofer. Principalmente por não entenderem como surgiu nossa súbita amizade. Quando a vovó Hofer estava se preparando para voltar para casa, sempre me pedia que a acompanhasse por uma parte do caminho, ansiosa por me contar as novidades sobre Gabriel.

Para meu desespero, ficava corada cada vez que ela mencionava seu nome, então ela acabou achando, como o sr. Mardell, que eu estava apaixonada por ele.

Gabriel estava muito bem na Inglaterra. Ela esperava que ele ficasse uma longa temporada por lá, apesar da saudade.

— Fico feliz de que esteja longe dos Mardell — disse ela. — Eles exerciam uma má influência sobre ele.

Se vovó Hofer frequentava mais a casa de minha avó, era por seu filho Jankel.

O tio Jankel, pai de Aron e marido de uma de minhas tias, afastou-se de nós após a morte de seu primogênito. Não o víamos muito, e, nas festas de família em que aparecia, ficava em um silêncio antipático e desdenhoso durante o pouco tempo com que nos honrava com sua presença.

Jankel Hofer era o rei Midas: tudo em que tocava se transformava em ouro. Além de ser proprietário de uma importante companhia de diamantes, tinha participação em um dos grandes bancos e, não fazia muito tempo, mudara-se com a família para um verdadeiro palácio.

Até brincava com a ideia, apesar do desprezo de toda a família, de se tornar um cônsul honorário de um país da América Central, e contratou o designer de interiores mais renomado no local para decorar a sua linda casa. Quando a reforma estava finalizada, fomos todos convidados a visitá-la.

Tudo era tão caro e tão novo que ficamos profundamente impressionados. Papai vivenciou um pequeno, ainda que amargo, triunfo: de todos os móveis e ornamentos que decoravam a casa anterior de tio Jankel, a única peça a receber a aprovação do designer ditador foi um desenho que papai havia dado de presente de casamento aos cunhados que representava Adão e Eva quando da expulsão do paraíso. Visto que a temática não era do gosto dos recém-casados, Adão e Eva haviam levado uma existência oculta junto à escada que levava ao sótão, mas, após a reforma, receberam um lugar de honra no escritório do meu tio.

Como era de esperar, Jankel aspirava encontrar-se rodeado de convidados do alto escalão. O sistema de espionagem dos membros da família funcionou perfeitamente: soubemos com bastante antecedência que o tio Jankel daria uma grande recepção para algumas eminentes figuras da Antuérpia e de Bruxelas, e que nenhum membro da família seria convidado. Isso mobilizou os ânimos a ponto de até minha avó e a vovó Hofer firmarem uma trégua. A princípio agiram como se nada tivesse acontecido, mas, quando a situação se tornou insustentável, acabaram inventando, com amargo prazer, uma nova variante do *"qui perd gagne"*: contavam uma à outra episódios que mostravam quanto eram maltratadas pela sua prole ingrata a fim de competir sobre qual das duas era mais sofrida. Depois de analisar minuciosamente os muitos pecados de tio Isi, sua mãe chegou à conclusão de que suas escapadas amorosas nem eram tão imperdoáveis.

— A Sônia sabia com quem se casava — comentou. — Afinal, há dois tipos de homens no mundo: o sério entediante e o infiel divertido. Com o tempo, o sério acaba azedo como vinagre, e o divertido não pode ver uma mulher sem lhe beliscar as nádegas. Não sei qual é o pior. Meu marido era azedo e o seu...

Ela ficou ruborizada e engoliu o resto da frase. Por sorte, compreendeu que durante uma trégua não era sensato, por razões táticas, classificar meu avô, que Deus o tenha, na categoria dos beliscadores.

Para meu espanto, comecei a valorizar a vovó Hofer e seus ditados. Senti até brotar certo remorso ao lembrar que, antigamente, quando eu morava na ilha, a recebi com uma das pedras verdes de Blimbo.

Ela vinha nos ver com cada vez mais frequência conforme se aproximava a data da festa do tio Jankel. O serviço de espionagem descobriu através de um encarregado de impressão que meu tio havia mandado imprimir os convites em papel especial com margens douradas, mas ninguém do clã recebeu um, ainda que, até o último momento, todos nutrissem a velada esperança de que o tio Jankel repensasse sua atitude desdenhosa com aqueles que eram sangue de seu sangue e os que eram da família da esposa.

Na manhã do fatídico dia, vovó, mamãe e eu tomamos café com a vovó Hofer, em um clima carregado de luto. Não se falou mais da festa, porque era um assunto muito doloroso, mas, incapazes de falar de outra coisa, ficamos ali, em silêncio, até que de repente tio Charlie apareceu, triunfante, cantando e brandindo um embrulho acima da cabeça.

— Quem já ouviu falar da pata prateada, a pata prateada do Jankel? — cantava tio Charlie.

— O que você tem? Deve estar doente ou louco — sentenciou vovó em tom amargo.

Senão não teria deixado o trabalho no meio da manhã só para nos entreter com uma versão pessoal do hino do século XIX: *Quem já ouviu falar da frota prateada, a frota prateada da Espanha?*

A vovó Hofer comentou afavelmente que, cantada por uma boa voz, talvez a canção fosse bonita, mas tio Charlie estava fora de si e não havia modo de acalmá-lo. Dançou pela sala com o troféu na mão, sem parar de repetir aos gritos as mesmas estranhas palavras, até perder o fôlego. Depois foi se sentar e nos pediu para prestar atenção. Abriu o embrulho com cuidado e nos mostrou a imagem de uma coxa assada de uma ave gigante, adornada com um anel de papel prateado artisticamente recortado.

Todas as manhãs, tio Charlie era enviado pelo patrão, que tinha um apetite invejável, à Pelikaanstraat para comprar sanduíches. Nesse dia, descobriu que no meio da vitrine, solitário em todo o seu esplendor, havia um peru gigante com as patas envoltas em papel prateado. Segundo tio Charlie, foram, sobretudo, as patas prateadas que falaram à sua imaginação. Sentiu uma imperiosa necessidade de parabenizar a proprietária do negócio, a sra. Breine, pelo exemplar tão grandioso, e a pobre mulher cometeu o engano de sua vida ao lhe dizer que ele voltaria a ver o peru à noite, na festa de seu cunhado, em que ele seria a estrela de um cortejo de finas iguarias. Ela não foi capaz de resistir à tentação de exibir sua obra de arte culinária, expondo-a na vitrine.

— Essa foi sua perdição — disse tio Charlie. — A vaidade tem de ser castigada.

Ele a elogiou tempo suficiente para que ela acabasse cortando e lhe dando uma das coxas do peru. Nenhuma mulher resistia a ele.

Rosalba se juntara a nós. E todas fixamos o olhar nele, boquiabertas. Ele disse que não precisávamos olhar com cara de famintas porque ele não pensava em dividir a pata de Jankel com ninguém. Somente ele a conseguira, e somente ele a comeria. Não poderíamos deixar de concordar com ele. Impressionadas, observamos como seus jovens e vigorosos dentes devoravam a enorme coxa. Ele guardou o anel de papel prateado na carteira como lembrança.

Dois minutos depois tocou o telefone, era a sra. Breine, em desespero.

Ao passar na loja para dar as últimas instruções, Jankel Hofer tinha visto o peru mutilado. A sra. Breine suplicava que o seu sedutor devolvesse a coxa. Ela conseguiria fixá-la outra vez em seu legítimo dono com um pouco de gelatina e fios de maionese, afirmou. Ninguém perceberia. O tio Charlie lhe disse com uma voz sombria que a coxa tinha passado desta para melhor e que estava perplexo que uma senhora tão respeitável tivesse ideias tão absurdas. Pensava mesmo em fixar a coxa no sr. Hofer? A sra. Breine ficou furiosa, e tio Charlie achou melhor desligar discretamente o telefone.

No fim, a noite da festa do tio Jankel se passou em um ambiente alegre. Sob a batuta do tio Charlie, todos entoamos a canção da pata prateada, e o proclamamos o herói do dia, mesmo que sua vitória fosse só fachada.

Depois, tio Jankel não concedeu a ninguém o prazer de dizer uma só palavra sobre um assunto tão prosaico como um peru. Em vez disso, como quem não quer nada, soltava uma ou outra piada sobre um ministro ou o simpático governador para em seguida bater com a mão na cabeça e se desculpar, dizendo:

— Ah, me desculpem... Eu esqueci que vocês não o conhecem pessoalmente... — provocando uma onda de indignação.

Minha casa na ilha continuava vazia, e Klembem não apareceu. Embora de vez em quando ainda ouvisse a sua voz temerosa, entendi que não a escutaria por muito tempo. Outro indício da minha iminente chegada à idade adulta era o fato de eu começar a me preocupar com minha aparência pouco atraente. Quando fiquei sozinha com o sr. Mardell em seu escritório, levantei a questão.

— Você não é feia — garantiu ele. — Você se parece com o seu pai, e ele, em geral, é considerado um homem bonito, a não ser pela família de sua mãe, que tem o irritante costume de se gabar de seus narizes retos. Na verdade, como os sionistas fanáticos que são, esse traço deveria lhes causar a desagradável sensação de hastear sempre a bandeira errada.

Receosa de que nos desviássemos do tema que tanto me inquietava, expressei a preocupação de que meu estranho rosto pudesse acabar afetando minha carreira musical. Diferentemente de meu pai, não tinha como esconder as mandíbulas largas sob uma barba ondulada.

Tanto Myra Hess quanto Leona eram tão bonitas que se sentia o mesmo prazer ao vê-las que ao ouvi-las tocar.

Ainda que se tratasse de uma condição agradável, na opinião do sr. Mardell o verdadeiro amante da música não se importava com o fato de um artista ter sido abençoado com beleza física ou não. Ele citou um grande número de artistas de ambos os sexos, e pouco agraciados pela beleza física, que cantavam, tocavam ou dançavam e eram capazes de lotar as salas mundo afora. Era um consolo muito fraco.

Na minha primeira visita de volta, Salvinia e Menie tinham me tratado com uma formalidade tão gélida que não me atrevi a cumprimentá-los de novo. Havia contado a Bertha e perguntado se por acaso eu os tinha ofendido sem querer.

— Eles não estão com raiva de você — disse Bertha. — Só não querem saber de você porque é amiga do Gabriel. Estão chateados porque agora ele ocupa um cargo mais alto e ganha mais que o Menie. Acham que o sr. Mardell lhe dá mais privilégios, como a viagem e tudo o mais, e acho que eles têm razão.

Intimamente eu também dava razão a Menie e Salvinia. O sr. Mardell realmente era bom demais com Gabriel. Havia confessado para mim que pretendia ir visitá-lo no final de sua temporada na Inglaterra. Pensava em presenteá-lo com uma viagem de carro, como recompensa por suas realizações e progressos, e então trazê-lo para casa, mas, como era uma surpresa, ninguém podia saber. Por causa de Gabriel, eu agora tinha três segredos com três pessoas, o que me deixava irritada.

Estranhamente, nossa visita à Antuérpia transcorreu em um clima tão pacífico e cordial que ficamos mais tempo que o previsto. Fomos levadas à estação por todas as mulheres da família, inclusive Rosalba, e recebemos comida suficiente para uma viagem até Reykjavík. Minha avó insistiu que ficássemos mais tempo da próxima vez, quando voltássemos para o seu aniversário.

Aquele verão foi menos emocionante que o anterior, com tio Bobby e a Comerciante, e a festa de aniversário de vovó foi mais desanimada. O tio Isi compareceu para dar os parabéns na qualidade de pai de família exemplar, rodeado pela família, e de certo modo todos nos sentimos enganados. A vovó Hofer, como sempre, me pediu para acompanhá-la em parte do caminho quando ia embora. Ela contou que Gabriel estava muito bem e que o velho Mardell se revelava uma pessoa melhor do que ela imaginava. Em algumas semanas, ele partiria para a Inglaterra e levaria Gabriel para viajar. Quando eu disse que soube de tudo aquilo um tempo antes pelo próprio sr. Mardell, a vovó Hofer perguntou se eu já havia voltado a sua casa. Ao reparar que até ela estava impressionada por conta da minha amizade com os Mardell, foi com muito prazer que lhe informei, indiferente, que na manhã seguinte os veria, e que voltaria sempre que quisesse até partirmos para casa.

O encantamento por Lucie já não era o mesmo de antes, mas cada vez que me encontrava com ela voltava a me enfeitiçar, de modo que não hesitei nem um segundo quando pediu a minha cumplicidade.

Nessa minha primeira visita, ela disse que queria falar comigo seriamente.

— Agora você já é uma moça crescida — disse — e acho que posso confiar em você, principalmente porque você também tem uma queda pelo Gabriel.

Bem, já havia algumas pessoas pensando como ela. Não era verdade, mas não desmenti. Ela ficou calada por um bom tempo.

— Venha, toque alguma coisa, assim posso pensar melhor.

Como estava morta de curiosidade, não consegui acertar uma nota. Finalmente, Lucie me convidou para que fosse me sentar ao seu lado.

— Você sabe que Gabriel e eu estamos noivos e queremos nos casar, mas não posso falar disso com papai. Ofereceram um ótimo cargo ao Gabriel num banco inglês. Ele aprendeu muito bem a língua. E vai muito bem, mas o papai é um velho teimoso e orgulhoso. Mesmo que o Gabriel se tornasse diretor do Bank of England, ele não permitiria que eu me casasse com ele.

— Como não? Seu pai gosta tanto do Gabriel, tem orgulho dele, e vai até viajar com ele!

— Ninguém pode me ajudar — disse Lucie, trágica. — Só você. E você voltou bem a tempo.

— Mas e a Bertha? Ela adoraria ajudar você.

— Sim, mas não quero envolvê-la nisso. Quando eu estiver longe, alguém vai ter de cuidar de papai. Se descobre que Bertha me ajudou a fugir, ele a despede na mesma hora.

— Você vai fugir? Que incrível, parece até história de livro!

— De incrível não tem nada — disse Lucie, abatida. — Preferiria mil vezes me casar aqui. O Gabriel e eu tivemos que esperar todos esses anos para que eu não precisasse mais do consentimento de papai.

Embora eu não estivesse entendendo muito bem, estava impaciente para entrar em ação.

— E o que você quer que eu faça?

Ela ficou pensando por um instante.

— Minha prima mora na Inglaterra. Primeiro tenho que escrever a ela e perguntar se posso me hospedar em sua casa. Preciso residir quinze dias no país para poder me casar. E o Gabriel e eu queremos fazer as coisas direito. Por isso não vou para um hotel.

Isso tudo era complicado demais para mim.

Lucie continuou:

— Assim que eu souber quando minha prima pode me receber, sairei daqui em uma manhã como se fosse passar o dia fora, sem bagagem.

— E você quer que eu vá levando malas e roupas para você às escondidas?

— Seria ótimo, mas é impossível. Onde guardaria tudo na casa da sua avó? Logo perceberiam. Não, o que você tem que fazer é levar as minhas joias. Não são muitas, cabem perfeitamente na sua pasta de partituras. Não tem por que alguém tentar abrir. E aí, quando eu for embora, você as leva para mim na estação.

Lucie me deu um saco de papel de confeitaria.

— Aqui está a primeira leva — disse ela.

Dentro havia um colar de pérolas com fecho de diamante.

— Cada vez que vier tocar, você leva um pouco.

Enfiei o colar entre as inocentes e gastas partituras de Mozart e Brahms.

— Quando o Gabriel fez essa pasta, não poderia imaginar como a usaríamos um dia — disse Lucie sorrindo. — Mas eu sim.

Naquela manhã ela escreveu a carta para a prima na Inglaterra. Coube a mim levá-la discretamente e postá-la. A prima respondeu (posta-restante) que era sempre bem-vinda, e ela decidiu fugir na segunda-feira seguinte. Perguntou se eu ainda estaria na cidade, mas eu não sabia. Na minha colérica família era impossível fazer qualquer previsão.

A sorte estava do nosso lado, e, naquela ensolarada manhã de agosto, não fui à casa dos Mardell, como todos supunham, mas à estação, onde me encontraria com Lucie junto ao trem com destino a Calais. Estava triste por saber que não a veria por um bom tempo, mas, por outro lado, era um alívio poder devolver as joias. Ela usava um vestido de verão azul-celeste. Ainda faltavam vinte minutos para o trem partir, então fui me sentar com ela no vagão. Ela me agradeceu pela valiosa ajuda e me pediu um último favor, o mais difícil de todos.

— Daqui a alguns dias, você tem que ir ver meu pai. Com certeza ele a receberá. Diga que eu e Gabriel preferíamos não ter de tomar essa atitude, mas que ele não nos deixou alternativa. De qualquer forma, escreverei a ele assim que chegar à Inglaterra, porque não quero que fique preocupado. Diga que o Gabriel e eu o amamos muito e que esperamos que tudo se arranje e a nossa relação com ele volte a ser a mesma de sempre.

Ela me beijou e me desejou sucesso na missão diplomática. Tive de sair do trem e fiquei acenando até não conseguir mais vislumbrar seu rosto alegre atrás da janelinha.

Era um segredo difícil de guardar, mas o senso de responsabilidade me impôs o silêncio. Eu disse a mamãe que não ia tocar piano porque Lucie estaria fora por um período.

Depois de alguns dias recebi uma carta de Londres na qual ela me lembrava da minha promessa. Gabriel acrescentou algumas linhas, me chamando de "fada corajosa". Mas eu ainda precisava fazer por merecer o título de honra. Eu me imaginava como uma fada corajosa voando para dentro do escritório do sr. Mardell e lhe falando com tanta sabedoria que ele se emocionaria e derramaria algumas lágrimas, então diria:

— Graças a você, Gittel, está tudo esquecido e perdoado. Escreva aos meus filhos dizendo que voltem já para casa.

Na manhã seguinte, animada e convencida da minha futura vitória, fui até a casa onde passei tantas horas felizes. Toquei a campainha,

Bertha abriu a porta. Ela se assustou ao me ver, as lágrimas escorriam por suas bochechas.

— Ai, Gittel, aconteceu uma grande desgraça — soluçava.

Salvinia esticou o pescoço, o indicador sobre o bigodudo lábio superior.

— Silêncio, por favor — sibilou, olhando de relance na direção do escritório do sr. Mardell.

Entre soluços, Bertha me contou que o sr. Mardell tinha recebido uma carta de Lucie e, desde então, se recusava a comer, dormir ou falar com qualquer pessoa. E, mesmo asseado como era, nem a barba fazia, "como se estivesse de luto".

Salvinia voltou a esticar cuidadosamente o pescoço:

— Nem conosco ele fala mais, desde que recebeu a carta — sussurrou. — O Menie e eu estamos trabalhando como podemos, sem saber muito bem o que fazer. Não nos atrevemos a ir falar com ele, e ele ainda não nos chamou.

Nesse mesmo instante, ele a chamou.

Na ânsia de chegar até ele o mais rápido possível, Salvinia quase escorregou.

— Graças a Deus — disse Bertha, gemendo. — Pelo menos voltou a trabalhar.

Salvinia retornou logo em seguida, branca como neve.

— Gittel, ele percebeu que você está aqui — ela me disse, apavorada. — E quer vê-la. Você não fica com medo?

Sentindo-me ainda mais como "fada corajosa" do que antes, fiz que não com a cabeça, decidida, em um gesto que esperava estar de acordo com meu papel. Sob os olhares de admiração de Bertha e Salvinia, abri com calma a porta reluzente. Esboçando um doce sorriso, entrei no escritório que me era tão familiar. O sr. Mardell estava sentado à escrivaninha, a barba por fazer, mais magro e envelhecido. Quando fechei a porta e me aproximei dele com o mesmo sorriso, ouvi:

— Você...

Esta única palavra me bastou para transparecer sua profunda repulsa. Minhas pernas estavam bambas e em seus olhos eu não via nada além de desprezo. Fui me sentar na cadeira à sua frente, enquanto ele me olhava sem dizer nada.

— Sr. Mardell — gaguejei —, não fique com raiva da Lucie ou do Gabriel, muito menos de mim.

— Bem, não é para eu ficar com raiva? — rebateu com uma voz estranha e rouca. — Sobre a Lucie e o Gabriel logo falarei, mas antes você e eu temos que ter uma conversinha. Sabe o que você é?

Só consegui fazer que não com a cabeça.

— Uma traidora.

Ele se levantou e começou a andar de um lado para o outro como um animal enjaulado.

— Uma traidora ingrata é o que você é. Não entendo como uma menina tão nova como você já pode ser tão ardilosa e malvada.

— Mas o Gabriel e a Lucie se amam, e ele é um bom rapaz, o senhor sempre disse, e de repente acha que o coitado é indigno de sua filha.

— Indigno? Quem inventou isso? O grande tolo se vende a uma mulher muito mais velha que ele. Chegará o dia em que vai se arrepender, e muito! Mas sobre a minha filha e aquele cretino eu falo depois. Agora eu quero falar é de você, sua traidora! Você não tem vergonha?

Ele sempre tinha sido bom comigo. Para me agradar, tinha pendurado meu quadro preferido sobre o piano. Ele me escutava pacientemente quando eu lhe pedia um conselho ou uma opinião, e era um horror vê-lo assim, com a barba por fazer e desalinhado. Já não era o elegante e mundano sr. Mardell, mas um velho judeu triste e magoado. Eu comecei a chorar ruidosamente.

— Você com certeza deve achar que desempenhou um papel lindo nessa história infeliz. Nada é menos verdadeiro. Aqueles dois não precisavam de nenhum cúmplice para fugir daqui. Deus sabe que minha filha é maior de idade, tem trinta anos, a tonta. Não precisaria do meu consentimento na Inglaterra, mas, antes dos trinta, não podia receber a herança da mãe, mas isso é outra história, nós agora estamos falando de você.

Ele tinha dado outra volta no aposento. O branco de seus olhos tinha virado amarelo e um deles estava injetado. De repente soltou uma gargalhada. Ao ouvirem, Bertha e Salvinia, que estavam com os ouvidos colados à porta tentando acompanhar a conversa, se atreveram a entrar.

— Fico feliz que o senhor esteja rindo de novo — disse Bertha, aliviada. — Já trago o seu café da manhã.

— Para fora! — vociferou ele. — Primeiro preciso acertar as contas com essa senhorita.

Ao ver que Bertha hesitava, ele pegou um livro e ameaçou jogá-lo em sua cabeça.

As duas mulheres saíram correndo do escritório, e ele soltou outra gargalhada horrorosa.

— Você é realmente tola, uma completa idiota. Os dois espertinhos perceberam isso e se aproveitaram de você. Sabiam que eu gostava de você, que eu tinha muito afeto — ele me encarou. — Você também sabia, não sabia? Se não tivesse ajudado os dois mentirosos, poderia ter tomado o lugar de Lucie, mas eles se encarregaram de evitar que isso acontecesse, envolvendo-a na fuga. Eles sabem muito bem que sou capaz de perdoar tudo, menos traição e ingratidão — deu outra volta no aposento e se aproximou de mim. — Nunca mais quero ver você de novo.

Eu me levantei para ir embora.

— Continue sentada, ainda não terminei. O mínimo que você pode fazer depois de se comportar dessa forma tão mesquinha é me escutar. Pare de chorar e olhe para mim quando falo com você! Não se preocupe, em um instante vou expulsá-la daqui e espero que nunca mais volte a pisar nesta casa, mas, antes de você ir embora para sempre, quero dizer o que vai acontecer com você: será infeliz por toda a sua vida e se deixará enganar repetidas vezes. Todas as pessoas em que você confia vão trair a sua confiança. E, sempre que encontrar pessoas que querem o seu bem, vai ser tão boba que não lhes dará valor. Pode até ser que, com o tempo, eu me reconcilie com a minha filha e com esse rapaz astuto que agora parece ser meu genro, mas a você eu não vou perdoar nunca. Meu genro! É para morrer de rir!

Ele se postou à minha frente.

— Você realmente acha que o Gabriel está apaixonado pela minha filha, não é? Sem chance. Você chegou a ler *Câmera Obscura*?

— Sim, sr. Mardell.

— Então você conhece a história de Keesje, empenhado em economizar para ser enterrado com dignidade. É o mesmo que quer

Gabriel, e na verdade ele acha que encontrou o caminho mais seguro para se proteger. Mas para você não há salvação. Você puxou ao seu pai, com a diferença de que ele sabe que é um *shlemiel*. Já você sempre acreditará que a felicidade está ao seu alcance, mas só vai colher tristeza e decepção.

Eu me lembrei de repente dos cálices repletos de dor e prazer da sra. Knieper e balbuciei que pelo menos aprenderia a tocar bem a *Appassionata*. O sr. Mardell se calou por um breve instante, para então me amaldiçoar.

— Talvez isso aconteça, quando você já for idosa — ele riu —, *mas ninguém a ouvirá tocar*, ou será que você acha que vai poder se tornar uma pianista famosa sem dinheiro, poder ou inteligência?

Eu me levantei e fui cambaleando até a porta. No corredor tropecei em Bertha e Salvinia, que começaram a me interrogar. O sr. Mardell abriu a porta. Pareceu de repente ter voltado a si.

— Volte, Gittel, tenho algo para lhe dizer. Eu não estou mais com raiva. — Eu não ousei entrar na sala e me escondi atrás das duas mulheres chocadas. — Escreva à Lucie dizendo para vir me visitar daqui a alguns meses. Está feliz com isso, não é? E agora me dê a mão, para que pelo menos possamos nos despedir como bons amigos, mas não se sinta decepcionada se nem a Lucie nem o marido jamais voltarem a dar notícias. Pense nisso como uma lição de vida.

— Venha — me incentivou Bertha —, dê a mão ao sr. Mardell.

Mas já não era possível. Corri para a rua em busca de um lugar para me recompor.

No início da alameda, todos os bancos no canteiro central estavam ocupados por mães com crianças berrando. Mais adiante finalmente encontrei um onde uma velha suja dormia tranquilamente, toda encolhida. Havia espaço suficiente para que eu me sentasse para chorar sem encostar em seus sapatos surrados.

O sr. Mardell tinha me chamado de ardilosa e malvada, e tinha razão. Também estava certo ao me acusar de uma completa idiota, no entanto, por que tinha ficado tão bravo que Lucie fosse se casar com Gabriel, que, na opinião dele, era bom demais para ela?

De repente, minhas reflexões infrutíferas foram interrompidas por uma voz cristalina.

— Mas vejam se não é a Gittel! O que aconteceu? Você se machucou?

Ao erguer os olhos, atônita, vi uma jovem alta e loira que levava em cada mão uma sacola pesada com frutas e legumes. O alho-poró, a salsinha, o repolho, as maçãs e os melões contrastavam alegremente com o azul intenso de seu vestido de algodão.

— Você já se esqueceu da Odette Bommens?

Ela estava irreconhecível, muito mais magra e enérgica. Parecia dez anos mais nova do que quando a havia visto pela última vez.

Ela me olhou, preocupada.

— O que aconteceu com você, e por que está sentada ao lado dessa mulher imunda?

Ela já não tinha o hábito de suspirar antes de cada frase.

Eu disse que preferia não falar sobre minha tristeza.

— Não precisa falar — disse madame Odette. — Eu compreendo muito bem.

Já que estávamos tão perto, ela me convidou a ir com ela cumprimentar Arnold. Estavam todos ótimos. Robert e Lucien estavam felizes no internato e ela adorava trabalhar com o irmão.

Depois da brilhante luz do sol na rua, meus olhos inicialmente pouco distinguiam na penumbra aveludada do bar de Arnold. Quando me acostumei, fiquei admirando os móveis antigos, o cobre polido e o bar, decorado com a mesma profusão de flores, frutas e folhas douradas que o mais grandioso dos realejos.

Madame Odette disse que um copo de cerveja melhoraria o meu estado de ânimo. Ela me serviu com muito profissionalismo, sem derramar uma gota e deixando um bom colarinho de espuma.

Depois pediu que eu lustrasse um aparador de madeira esculpido, ao estilo Malinas, que ela tinha acabado de encerar. Enquanto isso ela prepararia café.

Pude me dedicar à parte mais difícil, onde três cavalheiros com trajes medievais acenavam para os transeuntes com os copos erguidos. Depois tirei o excesso de cera de todos os sulcos com uma vareta de madeira e esfreguei.

— Não há nada melhor para as decepções femininas que lustrar madeira ou cobre — garantiu madame Odette.

Quando a baronesa ainda estava viva, madame Odette costumava insistir para fazê-lo, mas ela a proibira terminantemente de assumir tarefas da criadagem.

— Era uma grande decepção para mamãe que eu me tornasse uma moça tão simples, enquanto ela era uma verdadeira dama.

Arnold Bommens foi chamado da adega e me abraçou com sua calorosa cordialidade.

Mal tive tempo de saborear o excelente café da madame Odette. Dois dos cavalheiros medievais já brilhavam com seus copos e tudo, e eu não iria deixar o terceiro sem polir. Quando Arnold me ofereceu waffles, sua irmã o repreendeu, porque minha religião não permitia. Ardilosa e malvada como eu era, menti e disse que podia comê-los. Depois de uma hora, madame Odette me levou para casa, mas se recusou a entrar. Deixara de visitar as verdadeiras damas. Então lhe agradeci pela manhã agradável, e, ao se despedir, ela me fez prometer nunca mais chorar por um homem, porque nenhum deles merecia.

Minhas provações ainda não tinham terminado. Assim que cheguei em casa, já da escada, ouvi a voz dura e monótona da moça com quem tio Charlie noivaria dali a algumas semanas. Como qualquer tia de primeira viagem, ela se sentia na obrigação de encher os novos sobrinhos de carinho. Assim, me cumprimentou com um grito de alegria e um beijo molhado. A escolha do tio Charles era um mistério. Sua futura esposa era deselegante e chata, e tinha uma voz que a cada visita me provocava enxaqueca. Aprendi desde então que os homens que sabem seduzir as mulheres atraentes dos outros acreditam que a falta de atrativos de suas legítimas esposas é uma garantia contra os chifres que, em seus anos loucos, com tanto prazer plantaram nas cabeças alheias.

— Você tocou lindamente na casa dos Mardell? — guinchou a voz desagradável da minha nova tia.

Eu procurava uma resposta adequada quando a porta da sala foi aberta de repente pela vovó Hofer.

Sem olhar para os lados nem cumprimentar ninguém, veio em minha direção. Ao me alcançar, parou bruscamente, retirou as luvas negras e as deixou sobre a mesa.

— Você sabia, sua mentirosa — esbravejou, dando-me em cada bochecha uma bofetada que me fez ver estrelas.

Minha avó, Rosalba e minha jovem tia, que tinham presenciado a cena petrificadas, se puseram a protestar, mas a vovó Hofer voltou a vestir as luvas com absoluta tranquilidade.

— Você fez por merecer ou não? — perguntou.

Graças a minha resposta afirmativa, ela pôde sair da casa sem ser incomodada pelas três mulheres furiosas.

— Pelo amor de Deus, o que você fez? — perguntou vovó.

Sem uma palavra, saí correndo em direção ao quarto de hóspedes.

À tarde, tio Charles trouxe da Bolsa de Diamantes a notícia da fuga de Lucie. Tive de ouvir muito sobre minha deslealdade, mas nenhum deles jamais soube quanto eu estava envolvida na história. O sr. Mardell deve ter exigido silêncio absoluto de Bertha e Salvinia.

Escrevi um bilhete a Lucie lhe comunicando formalmente que, passados alguns meses, poderia visitar o pai.

Ao menos uma das previsões do sr. Mardell se revelou verdadeira. Lucie nunca respondeu.

11

A morte de Rosalba foi tão silenciosa e enigmática quanto a sua vida. Certa manhã tio Fredie a encontrou inconsciente aos pés da escada. Segurava com tanta força nas mãos calejadas a bandeja com a qual tinha levado o café da manhã à vovó que só com muito custo ela pôde ser retirada.

Viveu ainda alguns dias, a maior parte do tempo inconsciente. Vovó se recusou a levá-la ao hospital e não quis nem ouvir falar em enfermeira. Durante trinta e sete anos Rosalba tinha sido sua fiel companheira e não a deixaria aos cuidados de uma desconhecida.

Chamou um pastor anglicano para a enferma, que, no fim de seus dias, poderia encontrar consolo na fé que havia esquecido no decorrer de sua vida. Enquanto o velho pastor sussurrava orações junto ao leito de morte, a moribunda de repente abriu os olhos e o viu ao lado da cama.

Seu olhar buscou o de vovó.

— O que esse velho gói está fazendo aqui? — perguntou. — Diga que vá embora, não preciso dele.

Foram suas últimas palavras.

Embora Rosalba sempre tivesse se mantido discretamente em segundo plano, a casa de vovó nos parecia silenciosa e vazia sem ela quando voltamos do enterro.

O pastor também foi, e pôde fazer um discurso longo e comovente diante de sua cova ainda aberta, já que agora ela não tinha mais como protestar contra a sua presença. Após algumas semanas de profundo luto, vovó achou uma judia jovem e enérgica de Brabante, com boa disposição e capacitada para assumir as tarefas de Rosalba.

Devido à sua presença alegre, o clima da casa mudou inteiramente. Todos os tios, casados ou não, se apaixonaram por ela, e era divertido ver com que desenvoltura ela rechaçava suas tentativas de aproximação com uma piada.

Vovó começou a viver a sua segunda juventude. Comprou uma série de vestidos cinza-pérola e cor de lavanda que já não lembravam em nada a rainha Victoria. Viajava com frequência e adquiriu o hábito de jogar. Acabou se tornando uma cliente assídua e bem-vinda em Ostende e Spa. A vovó Hofer, que tinha espiões por todos os lados, sabia com exatidão o montante de dinheiro que ela apostava e se encarregava de informar à sua preocupada prole.

Após alguns meses foi convocado às pressas um conselho de família que aventou a possibilidade de colocá-la sob tutela, mas, após longa deliberação, o conselho se desfez sem chegar a uma decisão.

A própria vovó pôs um fim a sua breve explosão de liberdade ao sofrer um derrame, que lhe tornou impossível escapar à terna vigília dos filhos.

Parecia ter envelhecido dezenas de anos quando a vi pela última vez.

A simpática peruca com que havia provocado tanta irritação de repente se tornou pesada demais. Sobre o rostinho retorcido, cujo lado esquerdo estava completamente paralisado, pendiam alguns fios finos de cabelo branco. Com muito custo, conseguia proferir algumas poucas palavras, quase sempre incompreensíveis.

Um dia em que eu me encontrava sozinha ao pé da sua cama, ela disse de repente:

— Estou tão feliz por não voltar a ver as castanheiras florescerem.

Com dificuldade, contou como havia enterrado o primeiro filho em algum lugar de um país distante cujo nome já não se lembrava.

— Era uma criança tão bonita! — Desatou a chorar de forma comovente, como as pessoas idosas e doentes, soluçando com força, sem lágrimas. — E todas as castanheiras pelas quais passávamos a caminho de casa... eram tantas... cheias de flores brancas e vermelhas... Passei a odiá-las.

Era a minha avó, mas eu tinha a impressão de estar sentada ao lado de uma estranha. Mili disse uma vez que atrás de todos os rostos se esconde uma história, mas só os olhos sábios sabiam lê-la.

Soubemos quão solitária e amarga tinha sido a vida de vovó, apesar da grande família, após a sua morte, nas últimas linhas do seu testamento, das quais todas as mulheres da família receberam uma cópia.

Desejo dar o seguinte conselho às minhas filhas e netas: nunca mantenham a mesma criadagem a seu serviço por mais de cinco anos.

Voltei a cometer um erro: havia interpretado mal a história secreta de Rosalba.

Na última vez em que estive hospedada na casa de vovó, vi que a casa dos Mardell estava desabitada e coberta com cartazes de corretoras.

Lucie havia ficado com Gabriel em Londres e seu pai, à espera de um visto de imigração para os Estados Unidos, morava em um hotel em Bruxelas.

Gabriel não voltou a ver a sua amada Antuérpia. Morreu repentinamente de uma doença pulmonar alguns anos depois.

Após as típicas desavenças que a divisão de uma herança acarreta, mamãe recebeu a sua parte em seis meses. Era uma soma considerável.

Depois que todas as dívidas foram pagas, sobrou o suficiente para comprar uma casa nova e uma pequena parcela para ser investida em algum negócio próprio. Papai preferiria ir na mesma hora conosco para a Mesopotâmia, o país dos seus sonhos. A razão de ele se sentir tão atraído nunca ficou clara para mim. A sonoridade do nome devia despertar nele associações com as mil e uma noites. Tio Wally teve de intervir para dissuadi-lo da selvagem aventura, e, para agradecermos, convidamos a ele, à tia Eva e a Mili para jantar e celebrar a nossa recuperada prosperidade. Na hora da sobremesa, tio Wally se levantou e bateu com a colher na taça, e nos incentivou a brindar a um homem que, apesar de reunir todas as melhores virtudes, nunca tinha recebido o devido valor por parte de seus contemporâneos e de seus entes mais próximos, que podiam desfrutar diariamente do privilégio de suas eminentes qualidades.

— Um excelente marido, um pai dedicado e um amigo fiel. — O tio Wally teve de fazer uma pausa para recuperar o fôlego, enquanto papai sorria, lisonjeado, e abaixava modestamente o olhar. O tio Wally então prosseguiu, levantando um pouco a voz: — Um homem que não se deixa abater pela adversidade, mas que também sabe quando chega o momento de desfrutar. Em poucas e boas palavras: só nasce um desses homens a cada século. Convido a todos, caros comensais, que esvaziem suas taças pela saúde do vosso querido Wally!

Após nos recuperarmos da indignação, alternamos discursos em honra de nossas próprias virtudes, exceto a tia Eva, que, após pronunciar "caros comensais", caiu na gargalhada.

Depois do jantar, com toda a cordialidade, ela nos ofereceu ajuda na decoração da casa nova. Então me puxou para seu colo e passou os braços ao meu redor.

— De que cores você quer decorar o seu quarto, Gittel?

— Ah, pode ser de azul ou algo do tipo — disse, indiferente.

Minha mãe se queixou de que eu andava muito infeliz ultimamente, que era impossível lidar comigo, mas a tia Eva sempre tinha uma justificativa à mão.

— Você vai ver como ela vai se entusiasmar quando tivermos começado — disse, condescendente. — Não se esqueçam de tudo por que ela teve de passar nesse último ano. Com certeza ainda está triste pela avó e por Rosalba.

Naquele último ano eu tinha passado por muito mais do que ela podia supor, e queria ser cuidadosa e sensata como as virgens prudentes. Não passava pela minha cabeça ficar de luto por duas mulheres que se odiavam. Rosalba tinha sido uma irritante dissimulada, e a verdadeira razão da fiel vigília de vovó em seu leito de morte — o profundo prazer na agonia de seu espírito atormentador — era de arrepiar. Eu me recusava a pensar nos Mardell e em Gabriel, e também não queria me alegrar pela melhora da nossa situação financeira, porque, com o jeito de papai para administrar os negócios, ela seria de pouca duração. Eu tomaria o maior cuidado para não voltar a cair em nenhuma cilada e, dessa forma, jamais viria a tocar bem a minha *Appassionata*. Enquanto isso, continuava sentada no colo da tia Eva, a quem devia uma resposta.

— Você acertou — sussurrei em seu ouvido. — Continuo triste por causa da vovó e da Rosalba. — E, ao dizê-lo, me senti satisfeita por não ter mentido.

Scheveningen 1958

Uma mulher sábia

Uma virgem tola, de Ida Simons, é o "delicioso *début* de uma mulher sábia". É o que se lê na manchete do *Haagsche Courant* após a publicação do romance na primavera de 1959. Quem é essa mulher sábia?

Ida Simons nasceu como Ida Rosenheimer em 11 de março de 1911 no seio de uma abastada família de comerciantes judeus estabelecidos na Antuérpia. De pai alemão e mãe holandesa — ainda que criada na Inglaterra e apaixonada pelo inglês —, a futura escritora cresce em uma verdadeira Babel. Comunica-se em holandês na rua e, em casa, em alemão, inglês e um pouco de iídiche. O flamengo ela não ouviria por muito tempo. Três anos após seu nascimento, a Primeira Guerra Mundial alcança a Bélgica: todos os alemães que lá viviam foram forçados a deixar o país em agosto de 1914. Como tantos outros judeus-alemães, os Rosenheimer vão para Scheveningen na Holanda, onde se estabelecem, adquirindo em 1921 a nacionalidade holandesa.

Ida, tal como Gittel de *Uma virgem tola*, não quer saber de nada além de tocar piano. Um de seus professores foi Jan Smeterling, grande intérprete de Chopin. Ela acaba conquistando o público como pianista de concerto no país que adotou e fora dele. Em 1933 se casa com o jurista David Simons e em 1937 nasce seu filho, Jan.

No dia 21 de abril de 1943, vinte e nove anos depois da partida forçada da Antuérpia, a Segunda Guerra Mundial obriga a família a abandonar Scheveningen. Ida é deportada para Westerbork e depois para Theresienstadt. Sobrevive aos campos de concentração, onde até dá concertos, mas, ao recuperar a liberdade, sua saúde está muito deteriorada. Na década de 1950, decide abandonar a árdua vida de concertista, apesar de uma turnê bem-sucedida pelos Estados Unidos em 1950-51.

É a partir desse momento que Ida começa a escrever. Sua obra de estreia é a coletânea de contos *Slijk en Sterren* [Lama e estrelas], que aparece em 1956 sob o pseudônimo de C. S. van Berchem. A coletânea passa praticamente despercebida pela crítica, mas ela continua a escrever mesmo assim. O romance *Uma virgem tola* é publicado em 1959. Um ano mais tarde, em 27 de junho de 1960, a autora falece inesperadamente.

Este breve esboço biográfico naturalmente não faz jus à fascinante personalidade de Ida Simons, tão brilhante como trágica. Quanto mais me ocupo dela, menos entendo como pôde cair no esquecimento. Seu romance de estreia lhe rendeu grandes elogios desde o início.

Os críticos literários dos jornais e revistas mais importantes dos Países Baixos, da *Elseviers Weekblad* ao *Haagsche Courant*, do *Telegraaf* ao *NRC*, do *Leeuwarder Courant* ao *Het Vaderland*, fizeram uso dos termos mais laudatórios: sofisticada, exuberante, autêntica, espontânea, rica em cores, divertida, cativante e sábia.

"*Uma virgem tola*, é, em muitos aspectos, perfeito", escreve Adriaan van der Veen no *NRC*. Com o consentimento deste último, Kees Fens cita essa caracterização da obra no seu *in memoriam* no *De Tijd*. Define a autora como "um talento inato" que havia despertado grandes expectativas pela mestria com que brinca com a língua. Principalmente a sua arte de caracterização irônica o deixara impressionado, e quem quer que tenha lido os primeiros parágrafos do livro estará de acordo com ele.

O próprio Van der Veen ficou impressionado com a força de seu estilo: "divertido e espirituoso, vivaz e lapidar", enquanto o "pano de fundo é melancólico, resultado da decepção como experiência principal constituinte da vida". Esta combinação paradoxal é característica na obra de Ida Simons: "o humor é [...] o retalho que deve ocultar a ferida", diz ela em certo poema.

Muitos críticos partem do pressuposto de que o livro é a sua obra primogênita e se mostram espantados: "É difícil acreditar que se trate de um *début*", escreve um crítico da *De Linie*. "O livro dá mostras de um talento amadurecido, de um dom desenvolvido e de uma capacidade técnica tão apurada que raramente se encontra num livro de estreia", opina Ben van Eysselsteijn no *Haagsche Courant*.

Van der Woude (na *Nieuwsblad van het Noorden*) vê em Ida um talento literário de alto nível e encerra a resenha com as seguintes palavras: "uma estreia dessa qualidade raramente se encontra".

Há também os comentários críticos, mas todos concordam em afirmar que *Uma virgem tola* é um livro especial e de grande importância. É assim que Greshoff encerra a sua resenha no *Het Vaderland*: "Mesmo quando se põe bastante peso nos comentários críticos, a balança se inclina a favor de Ida Simons. [...] de modo que eu considero que *Uma virgem tola* [...] esteja dentre o número dos livros que deve possuir quem preza tudo o que a literatura contemporânea produz de melhor. Quando da aparição do seu postumamente publicado *Como água no deserto* (1961), eu ressaltaria com ainda mais clareza que sentimentos despertou em mim *Uma virgem tola*: "E, de repente, todos os que se deixam absorver pela literatura: é isto mesmo! Aqui nós ouvimos uma nova e particular voz. Que o livro em questão tenha sido imediatamente descoberto por todos os conhecedores jamais me espantou".

A morte precoce de Ida Simons causou comoção, como o revelam muitos artigos *in memoriam*. Sabia-se que havia muito que não vinha se sentindo bem. Trabalhou arduamente para concluir o segundo romance, *Como água no deserto*. Mas não conseguiu. A edição de 1961 contém os três primeiros capítulos, que tinham sido concluídos, complementados com um número de contos soltos.

Um desses contos foi incluído numa edição da revista *Nieuw Vlaams Tijdschrift* após a sua morte, mas não antes da aparição do presente livro. O redator Karel Jonckheere escreve um curto posfácio e reproduz uma citação de uma carta de Ida Simons de 16 de maio de 1959: "Meu segundo romance vai progredindo muito bem. Será uma espécie de colcha de retalhos, porque vou inserindo um pouco de tudo o que tenho à minha volta e que definitivamente quero que seja lido no caso de eu não conseguir chegar ao meu quinquagésimo aniversário [11 de março de 1961], o que é muito provável que aconteça, porque tenho me sentido péssima e exausta nos últimos meses. Mas isso também vai passar".

Ela não teve essa sorte.

As edições posteriores de *Uma virgem tola* não voltaram a despertar o mesmo interesse, mas quando apareceu alguma resenha foi sempre positiva, como no *Friese Koerier*: "Ainda hoje são poucos os que conhecem este livro". O que continuou valendo até sua reedição em 2014.

A única pessoa que regularmente faz propaganda da autora é o escritor holandês Maarten 't Hart. Por exemplo, ele diz no jornal *NRC Handelsblad* (de 28 de julho de 1978) que, nos seus tempos de estudante, lia os romances de Vestdijk para a esposa enquanto ela cozinhava. "Lembramo-nos que certa vez, para variar, escolhemos um livro de outro autor, no caso *Uma virgem tola*, de Ida Simons, e ambos guardamos as melhores lembranças desse livro magnífico."

No mesmo jornal, numa edição de 15 de fevereiro de 2007, 'T Hart mostra-se indignado em relação a uma lista dos 250 melhores livros, que não incluía "os mais lindos livros da literatura holandesa" — entre as mais chamativas omissões ele cita *Uma virgem tola*. Ainda no jornal em questão, escreve cinco meses depois o artigo "Literair Hoogtepunt" [Auge Literário], dedicado a Ida Simons e a sua virgem tola: "Que maravilha de livro. Esse romance é um dos que formam o auge da literatura holandesa".

Críticos e leitores dão-lhe toda a razão quando da reedição de 2014: logo após sua reaparição, o romance recebe as críticas mais elogiosas. O jornal *Trouw* se refere a Simons como "a Jane Austen da Antuérpia". O *Standaard* escreve: "Um livro que se tem de ter em sua biblioteca". Segundo Erik van den Berg numa edição do *De Volkskrant*: "Um estilo mordaz de um talento extraordinário". Arjen Fortuin escreve no *NRC Handelsblad*: "*Uma virgem tola* transborda sensibilidade sem chegar a ser sentimental. No momento, deixe qualquer outro livro de lado".

Faço minhas as suas palavras.

Mieke Tillema[*]
Julho de 2014

---

[*] Mieke Tillema é especialista em língua e literatura holandesas. Está atualmente preparando uma biografia sobre Ida Simons.

Glossário

shlemiel – azarado
kosher – termo para comida preparada de acordo com a lei judaica
schnorrer – mendigo
yeshivá – escola talmúdica
shul – sinagoga
sabbat – sábado
rebbe – rabino
kugel – pudim de pão
talit – manto sagrado

ESTA OBRA FOI COMPOSTA PELA ABREU'S SYSTEM EM ADOBE GARAMOND
E IMPRESSA EM OFSETE PELA GRÁFICA BARTIRA SOBRE PAPEL PÓLEN BOLD DA
SUZANO PAPEL E CELULOSE PARA A EDITORA SCHWARCZ EM AGOSTO DE 2018

A marca FSC® é a garantia de que a madeira utilizada na fabricação do papel deste livro provém de florestas que foram gerenciadas de maneira ambientalmente correta, socialmente justa e economicamente viável, além de outras fontes de origem controlada.